TRAVEL TRILOGY

旅繪三國誌

——藝遊緬甸、斯里蘭卡、尼泊爾

圖、文：Che-ting

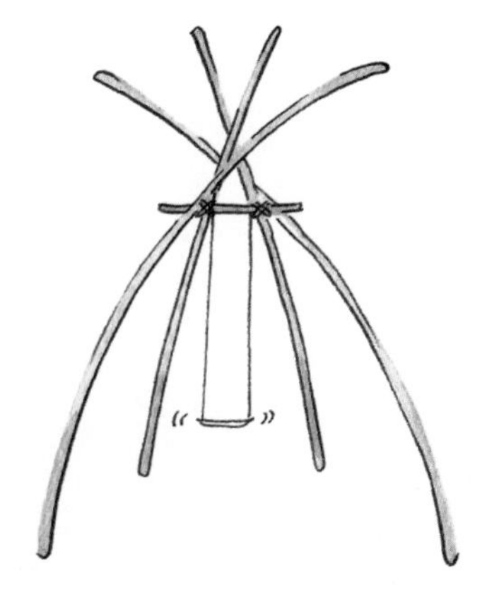

總幹事序

你的生活是我遠道而來的風景

香港人熱愛旅行，嚮往異國風光。拖著行李踏上旅途，總能讓人忘卻煩憂，紓解生活中的壓力。與三五知己結伴同行，吃喝玩樂，可放鬆身心；獨自當起背包客，發掘鮮為人知的風景，體驗各地風土人情，同樣樂不可支。

本書作者車建婷（車婷），是香港青年協會本年度「青年作家大招募計劃」的獲選青年之一。她是香港理工大學設計學院美術及設計教育文學士，也是一位自由插畫家；喜歡記錄大城小事，熱愛繪畫異地風光。她的水彩作品線條簡約，呈現對街道、店舖、社區和城市最細膩的觀察。

國家「一帶一路」倡議沿線的緬甸、斯里蘭卡和尼泊爾「三國」，各有濃厚的宗教背景和豐富的人文氣息。本書記錄了車婷在當地遊歷4個月的所見所聞。她走遍大街小巷，到訪山林小鎮，即興徒步登山；旅途中，遇上來自世界各地的背包客，又與當地居民交流結緣。異國地道的生活日常和人民風景，都化成她筆下精緻的圖畫、深刻的文字，活現讀者眼前。

世界之大，蘊藏許多文化歷史寶藏，值得我們深入探索。旅行的意義，在於細心體察旅途中的人和事；打開心窗，專注享受當下，定能看見不一樣的風光。我們寄望疫情早日消退，本港青年可再次安心拿起背包遊歷四方，拓闊視野。也許，在本會舉辦的青年交流活動中遇見大家。

當您打開本書，請好好細味車婷的筆觸，一起展開這趟藝遊「三國」之旅。

何永昌

香港青年協會總幹事

2022年7月

作者序

2018年秋天，
我帶著畫筆、畫紙、顏料和手提電腦——
這趟旅程必備的用具來到香港國際機場。
為免被航空公司徵收超重行李費，
辦理登機前，我仍不忘再三確認，
隨行背包已控制在限制重量7公斤內。

順利登機後，
莫名的緊張感便由心而發。
也難怪，因為這次和往常的自助旅遊不一樣，
決心要在當地創作三本路上觀察的圖文小誌，
然後以明信片的形式直接寄給家人和朋友。
簡單來說，這是一趟自我挑戰的藝遊創作之旅，
而且一去便是四個月。

一開始我挑選了三個從未到訪而又感興趣的陌生國度——
緬甸、斯里蘭卡和尼泊爾。
親訪當地後才發現這三個完全沒有邊界接壤的國家，
出奇地在衣著、飲食、宗教等文化各方面有著相似之處。
原來這三國的人民生活都與鄰國——印度甚有淵源：
緬甸在英屬時期曾是印度的一個省份；
斯里蘭卡在公元前已有雅利安人從北印度遷移到來；
尼泊爾人與印度人不須登記也可在陸路邊界自由往返；
而我竟無意之間把它們串連起來。

在這趟藝遊創作之旅，
我不僅看到每天仍穿著傳統服飾、塗著天然塔納卡的緬甸人；
在城市、小鎮、鄉村裡與野生動物共存，不會輕易殺生的斯里蘭卡人；
每天清晨起來也會到廣場各處塗朱砂拜神的尼泊爾人，
還因著製作小誌而來到雜貨店尋找鉛筆刨、走進文具店的閣樓選紙、
用店舖的家用掃描器掃描畫作，在印刷店內與職員共享空間。
藉著這些日常生活中平平無奇的小事，認識和感受一個地方的生活狀況，
連朋友也笑我猶如那裡的駐村藝術家。

三本路上觀察的圖文小誌，最終能夠順利在當地印製出版，
全賴一路上遇到一個又一個有心的當地人，
無私地分享自己的故事和想法，還排解了我滿腦子的疑難雜症。
沒有他們的幫助，小誌一定不能以現在這個圓滿的模樣展現人前。

書寫本書的日子，正值疫情全球大流行，人們外出及活動自由受到限制；
書寫此序的時候，回想起去年緬甸政變，人民上街頭的片段仍歷歷在目。
經歷兩年的種種，過往的日常生活及習慣已變得不再一樣，
而我所認識的世界亦已不復再。

現在這趟藝遊創作之旅能夠以實體書呈現給讀者，在此衷心感謝青協專業叢書統籌組的支持，讓我以微小的力量把疫情前的緬甸、斯里蘭卡和尼泊爾好好記錄下來。

CHETING

車婷 Che-ting

「青年作家大招募計劃2022」獲選青年
2022年春天

推薦序

旅途之中，最有趣的總是與人有關的故事與碰撞；跟車婷認識，可以說是因為尼泊爾。兩個香港旅人，因著山城而結的緣，走了一點路，繞了一圈，然後在座落台北市區的一間書店發芽。

那已是我十年前開展的一趟背包之旅，一直用陸路，從西藏出發，到尼泊爾再到印度。其時是春天，萬物向榮。因為當地的湖光山色，神聖雪山，小朋友們最可愛的笑臉，純樸的山城人們……我在尼國一待便是兩個月，自始便愛上這個地方，由起初的不捨與回憶，變成了每年一定要到訪與小住。爾後無論是工作或自己的旅程，每年總要預留月餘時間回去；由旅行變成生活。常笑說尼泊爾是我的第二個故鄉，每年不回去爬個雪山，總是覺得缺了點甚麼。

那是一個有點潮濕的下午，找個美麗的地方待著比在外面好。我到訪朋友在台北的旅行書店，找她聚個舊，也看看最近出了甚麼有趣的新書。玻璃窗前的當眼位置，看到了尼泊爾的高山手工紙。這種紙是好東西啊，順滑好寫，有質感卻不粗糙。每次去尼泊爾總會買個十來本存貨給自己做筆記本，寫日記。

淺米灰色的樹造紙上，是車婷手繪的尼泊爾地圖，色彩斑斕，簡潔易看，而且很可愛；連我這個很熟悉當地的人，看了也立刻想再去一趟。我便立刻買了一張，也在網上發了文稍為推介。作者親自繪製的伴手禮，就是如此落在我的手上。

車婷在當地用心創作的初心，原就是為了繪畫一個特別的手信給親人與朋友，所以我很喜歡這幅手繪地圖的溫度。旅行許多年，我仍很喜歡手寫一堆明信片給親友（有時一次寫數十張，有罰抄之感，哈），不只記下當刻的心情，也親手將遠方的祝福寄出。那是很不一樣的事情，我們現在都更清楚知道，文字和書信的力量。

知道車婷終於出版了屬於自己的繪本書，看著作者美麗的圖畫，整個旅行路線，文字中的那些好奇與期待，我也彷彿回到初時，跟隨車婷再重新遊歷一次。那些路，那些轉角，香料與奶茶氣味，每一個不期而遇的笑臉，山上早晨清新的空氣，還有年輕時可一不可再的經歷。

可惜的是除了尼泊爾之外，我還未去過緬甸和斯里蘭卡。作者可愛的筆觸，有歷史文化的簡介，又有旅途中的日常小事，跟朋友相處的趣事，也當然少不了吃喝玩樂。跟著這本溫暖的小書，看筆者眼中的國度，就想趕快計劃前往旅行。

緬甸是我一直很想去的地方，因為別的計劃一直拖延。如今的她雖然得到了關注，可不少人看到緬甸的第一眼，卻是因為近年發生的暴力鎮壓，血流成河的烽火畫面。只期許很快有一天我們可以帶著這繪本去一趟，拼湊找尋作者筆下的繽紛可愛，原來和平的風光；很快有一天，緬甸朋友可以回復自己的家園，就如插畫中清新的樣子。

世界也許已不再是我們從前認識的模樣，不過已經沒有回去的路了，既然如此就一起開創新的路吧。

疫情下無法外出旅行的日子，卻關不住人們追求真實與自由的決心。我們不妨先靜下心跟著這本色彩小書讓「眼睛去旅行」，同時好好預備下一個旅程。記得尼泊爾朋友說過，他說靠山的人特別善良，山也會善待他們。讀到車婷在尼泊爾爬馬蹄雪山的旅程，記起自己曾經的旅程，天氣凍又沒有熱水和電燈，每日肌肉酸痛，又苦又累，旅人卻不會退縮，堅持登到目的地。

旅行的路和人生的路，也許都有些相同。關關難過，關關過。雖然艱辛，但跟著自己的步伐一步一步慢慢走，身體總會給你所需要的力量。終點神聖的風景與價值，驅使每個不放棄的旅者一直前行。

各自努力，期待彼此在交錯的旅途中相遇；我們定會在山下相見。

吳蚊蚊

旅行作家、節目主持人
2022年春，寫於台北

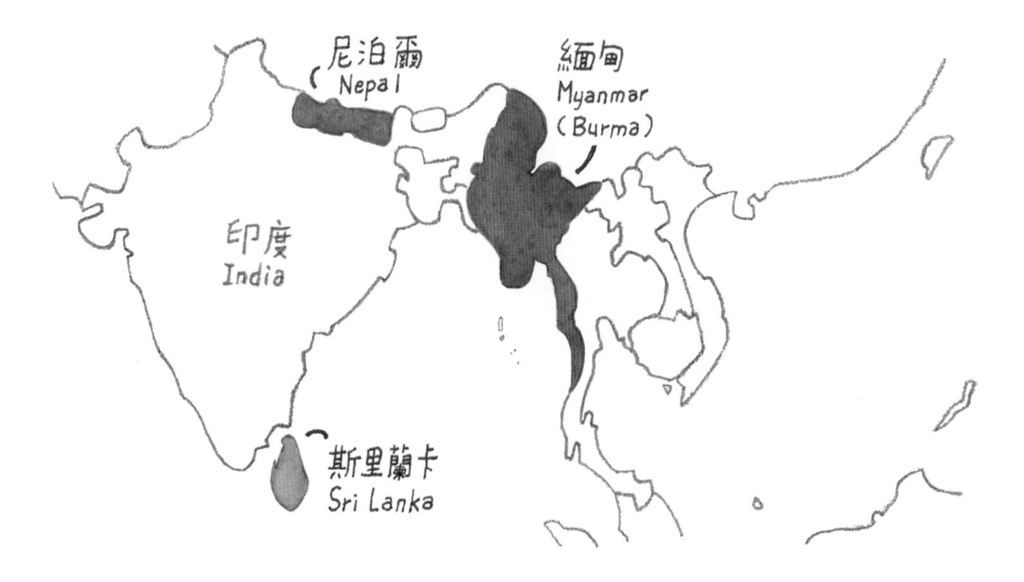
尼泊爾
Nepal
緬甸
Myanmar
(Burma)
印度
India
斯里蘭卡
Sri Lanka

目錄

在旅途上遇到的人

沒有過多的資料搜集，沒有特定的景點與行程，
只有邊走邊看著辦的隨意個性，
讓我無包袱地享受與當地人、旅人一起遊走的時光。

在旅途上遇到的人，
不只向我推薦值得一遊的好去處，
還非常樂意分享他們的生活模式、想法和信念。
與他們的相遇，我的旅程才會變得這麼豐富、有趣。

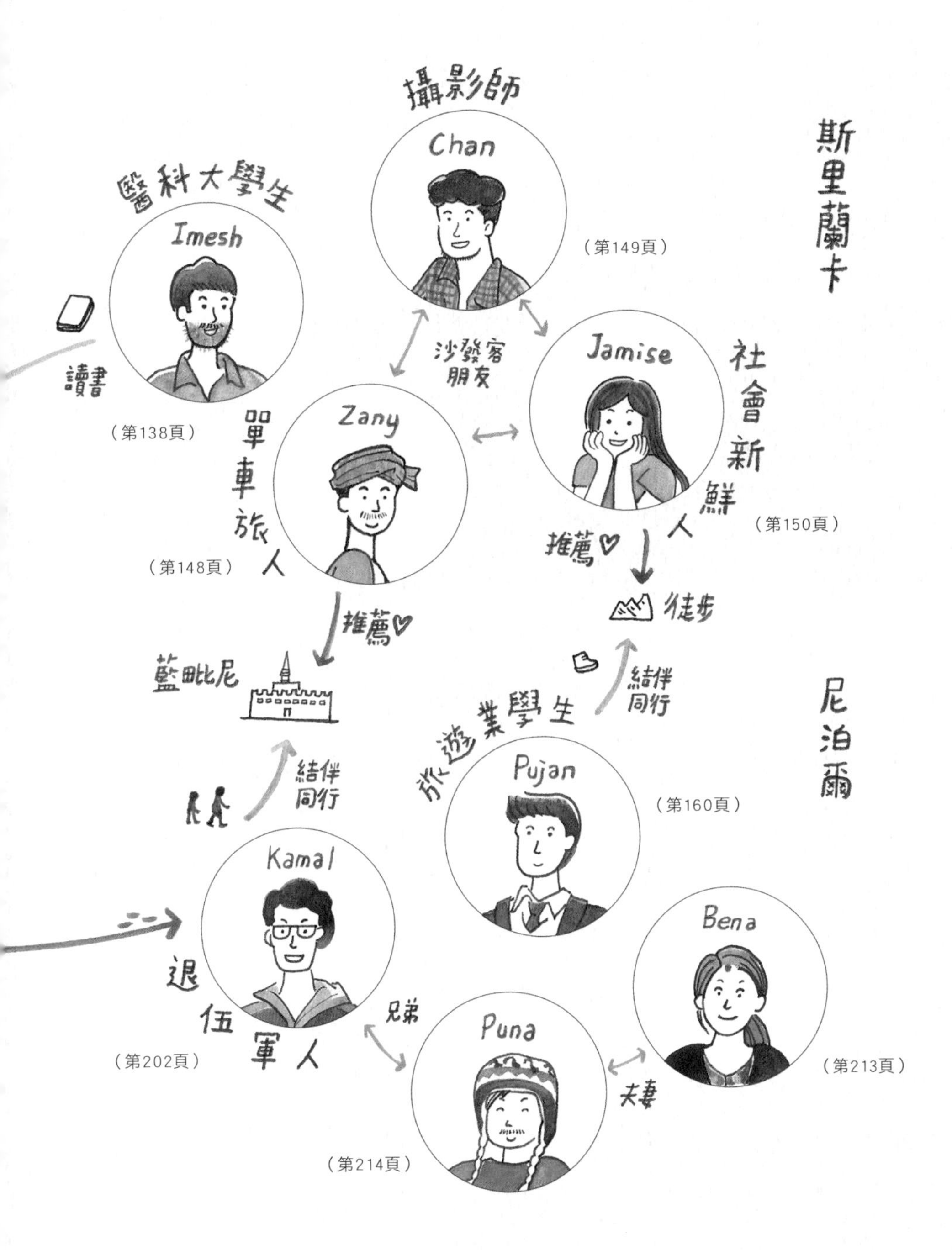
攝影師
Chan
（第149頁）
斯里蘭卡
醫科大學生
Imesh
讀書
（第138頁）
沙發客
朋友
Jamise
社會新鮮人
（第150頁）
Zany
單車旅人
（第148頁）
推薦♡
徒步
推薦♡
藍毗尼
結伴
同行
尼泊爾
旅遊業學生
Pujan
（第160頁）
結伴
同行
Kamal
退伍軍人
（第202頁）
Bena
（第213頁）
兄弟
Puna
夫妻
（第214頁）

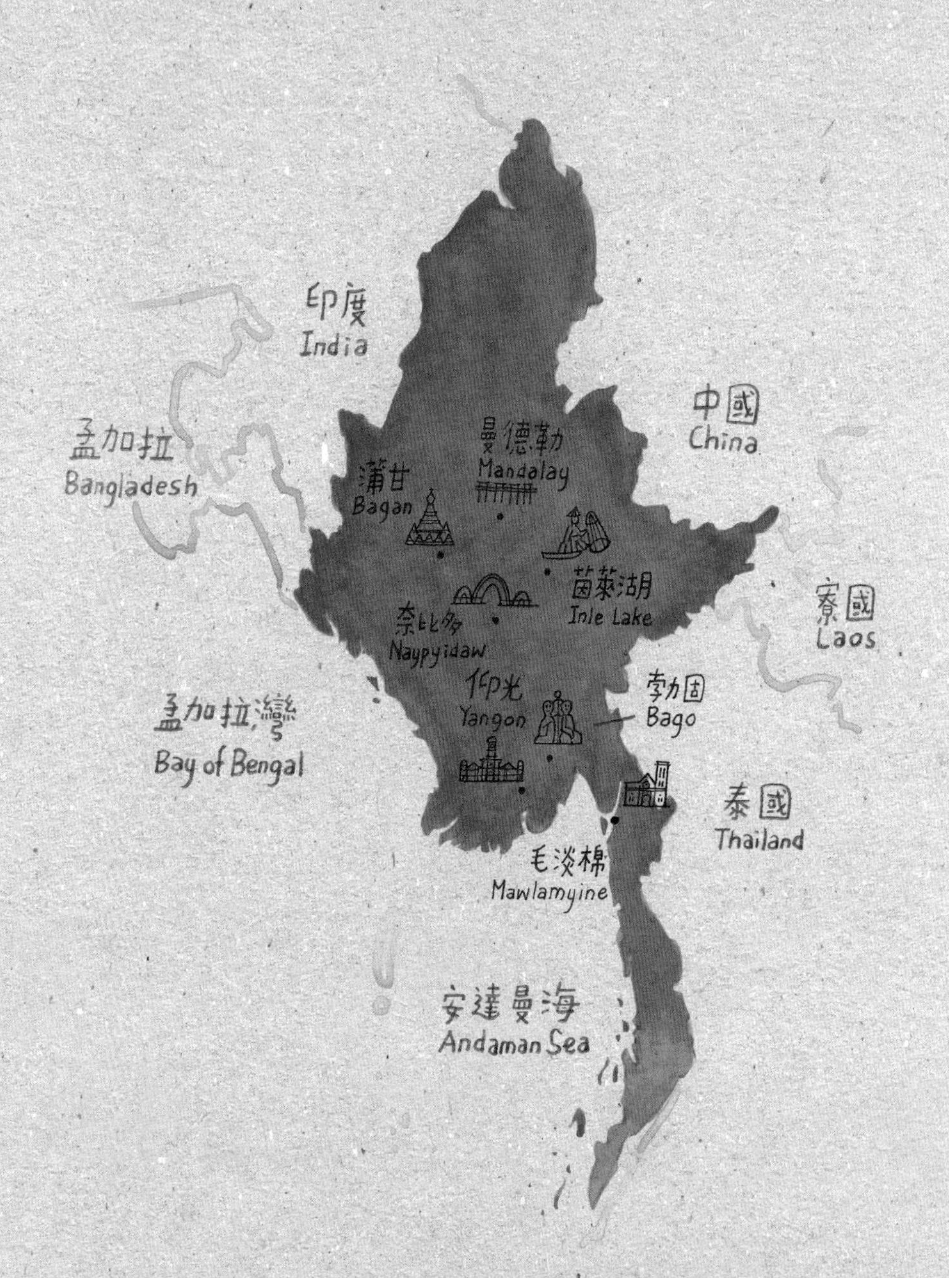
印度
India
孟加拉
Bangladesh
中國
China
曼德勒
Mandalay
蒲甘
Bagan
茵萊湖
Inle Lake
寮國
Laos
奈比多
Naypyidaw
仰光
Yangon
勃固
Bago
孟加拉灣
Bay of Bengal
泰國
Thailand
毛淡棉
Mawlamyine
安達曼海
Andaman Sea

CHAPTER 1.

真誠緬甸

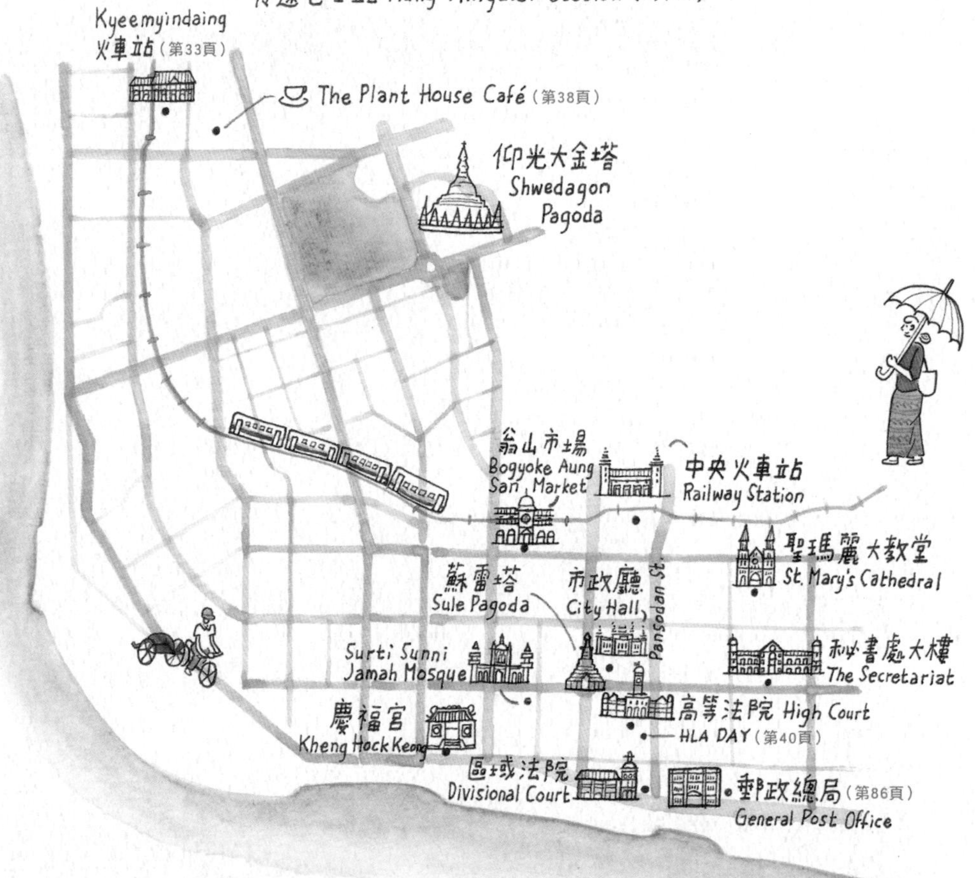

仰光國際機場 Yangon International Airport (18 km)
長途巴士站 Aung Mingalar Station (19 km)
Kyeemyindaing
火車站（第33頁）
The Plant House Café（第38頁）
仰光大金塔
Shwedagon Pagoda
翁山市場
Bogyoke Aung San Market
中央火車站
Railway Station
聖瑪麗大教堂
St. Mary's Cathedral
蘇雷塔
Sule Pagoda
市政廳
City Hall
Pansodan St.
Surti Sunni Jamah Mosque
秘書處大樓
The Secretariat
慶福宮
Kheng Hock Keong
高等法院 High Court
HLA DAY（第40頁）
區域法院
Divisional Court
郵政總局（第86頁）
General Post Office
仰光河 Yangon River

大金塔

印象仰光

昂山素姬

緬甸軍政府

佐治·奧威爾

區域法院 Divisional Court

蘇雷塔 Sule Pagoda

印度加爾各答的翻版

濃厚殖民色彩的建築群、熱賣煎炸油器的流動小販、
停在馬路旁兜生意的三輪車，還有五官分明的印度人面孔等等，
都是我在仰光漫遊時所留下的深刻印象。

但是，為甚麼這情景那麼似曾相識呢？
等一等，讓我想一想……
對了！這不就是印度加爾各答的翻版嘛！

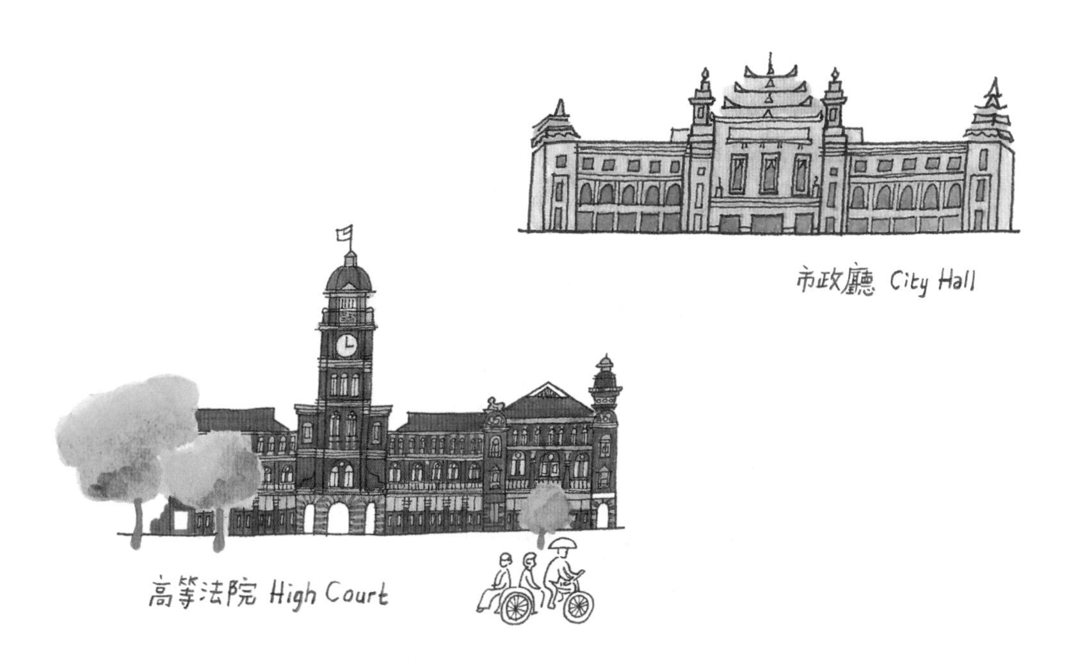

以蘇雷塔為中心的仰光，城市規劃井然有序，在主幹道上更有六條行車線之多，可謂車水馬龍。仰光雖然不再是首都，但作為緬甸「最大城市」也並非浪得虛名。

只要隨便閒逛仰光市中心的不同角落，也能看到英屬時期（1824-1948）百年殖民建築的蹤影，彷如時光倒流一百年般。同為前英屬殖民地的首都，難怪我會在仰光的身上看到加爾各答的影子。

在這些百年殖民建築的夾縫裡，盡是當地人努力生活的畫面，在那大熱天時仍開著瓦斯爐炸油器的流動攤檔上，不就是印度常見的咖喱角（samosa）嗎？這麼一說，在仰光的路上，除了忠厚老實的緬甸人外，真的還有不少五官分明的印度人面孔呢！無知的我，由那時才知道早於緬甸被英國殖民前，印度人已經在緬甸經商了。

有別於一般東南亞城市電單車亂竄的驚險情景，禁止騎電單車的仰光只有三輪車（trishaw）緩緩前行的畫面，有種閒適的詩意；比起印度的人力車（rickshaw），緬甸車伕已幸運一些，因為有鞋子可穿。

緬甸人的生活智慧

走在街道上，

冷不防出現一個個由高空垂吊著的障礙物，

但放心，那不是甚麼骯髒的東西，

而是緬甸人的生活智慧。

在仰光的數天裡，我住進一個很有生活氣息的社區——Sanchaung。那時正值雨季的尾聲，但雨還是會下得很大，常常要停下來躲雨。在行人道上，我看著那垂吊著的環保袋，袋子中裝了半滿的雨水。

天啊！這是要養蚊蟲嗎？真是非常不衛生啊！

但只消一天，我對那奇異裝置的態度有了一百八十度的改變。那時我在家中，一陣鈴鐺聲響起後，室友沒有打開大門，反而走向陽台，把原本垂吊半空的膠筒拉上來放進鑰匙，然後再沿著繩子慢慢放下傳遞給友人。

哇！那是多麼聰明的手動裝置啊！

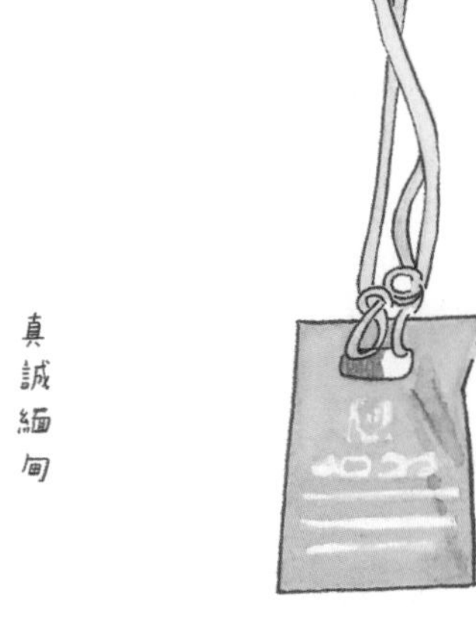

SKY NET
DTH

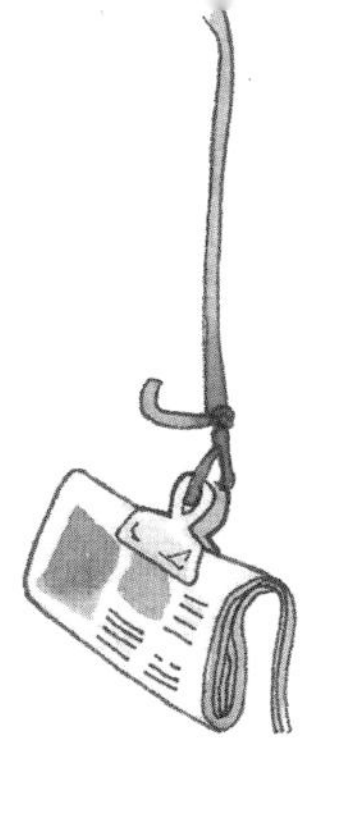

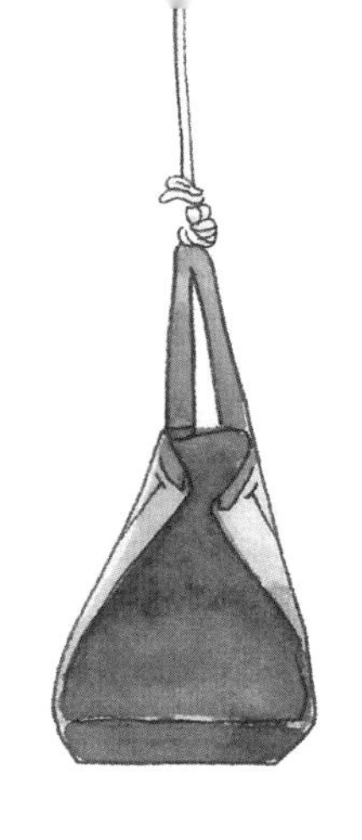

因為緬甸全國的電力長期不穩，就算有門鈴也得物而無所用。在大城市仰光中，多是數層高的樓房，當地人就設計了這個手動的門鈴裝置，當有人在地下搖動繩子時，繫在陽台的鈴鐺就會響起。

配合各家各戶的生活習慣，垂吊的物品也有所不同，例如是萬用夾、膠袋、不織布袋、環保袋、小膠筒、大膠籃等等，可以方便郵差送信（不過聽聞寄失率很高）、訂閱報紙和雜誌，又可以把採購後的物品吊回家，省卻不少走樓梯的氣力。

除了色彩繽紛的手動裝置外，還有一式一樣的簷篷和電視接收器，非常仰光。

轉角是檳榔

記得在《緬甸小日子》一書中，有一節關於檳榔的小故事。作者到訪當地朋友的公寓時，每走上一層樓梯，轉角位置都是滿滿的檳榔「血痕」，像是剛發生了兇案的現場般。

常見的檳榔小攤檔

亞洲多國都有培植檳榔，但要數哪個國家最多人嚼檳榔呢？那一定非緬甸莫屬了。由橫街窄巷滿地一灘又一灘的血紅檳榔漬印記，到無所不在的檳榔攤販中可見，緬甸人愛嚼檳榔的程度，已經到了「國民零食」的級別。

只要打開車尾廂、放好工作枱，
就可以做生意了！

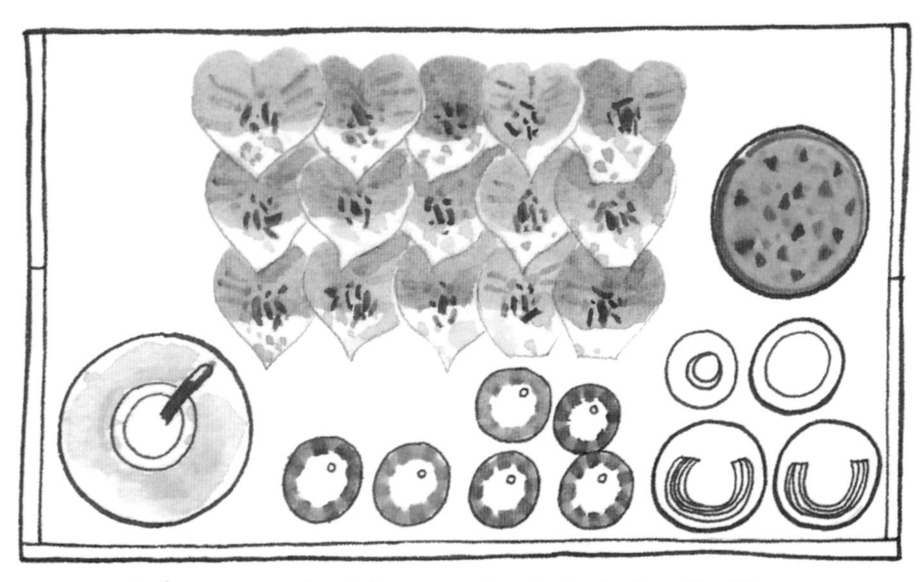

賣檳榔的攤檔非常簡便，只要準備新鮮的檳榔葉、曬乾的檳榔子、盛載石灰和不同香料的器皿後就可以開門做生意了。

賣香蕉只是副業，
他的真正身分是個檳榔攤販。:)

不過長期嚼檳榔會上癮，而且自2003年起，檳榔更被世界衛生組織（WHO）列為「第一級致癌物」，會增加患上口腔癌和咽喉癌的風險；所以緬甸政府近年已積極推行「反檳榔與煙草運動」。這個全民嚼檳榔的風景，大概也會慢慢地褪色吧？怎樣也好，身體健康還是最重要的。

緬甸人的生意頭腦

在菜市場的周邊，邊走邊賣砧板或掃把的小販一遍又一遍地出現在我眼前，真讓我嘖嘖稱奇。我好奇著當地人真的會隨街攔截小販，買走他們身上那些非常耐用的工具嗎？對外來者如我來說，緬甸人的生意頭腦，有七分樸實，三分可愛。

這些緬甸獨有的人民風景，是不是因為過往長達半世紀的鎖國政策，才得以保存至今呢？

在改革開放的數年後，幸而緬甸人還未完全沾染到向旅客瘋狂抬價的陋習。我總算可以放下對人的猜忌，毫無顧慮地安心用餐和購物；因為縱使被抬價也是可接受的範圍之內。（不過，的士司機除外，特別是在蒲甘的長途客運站，看到對著外國遊客就雙眼發光的的士司機，要格外留心。）

緬甸人的茶館文化

過往，緬甸的資訊封閉，而且加上有特務無時無刻的監控，當地人的活動受到很大的限制，而茶館就成為了人們交換訊息的主要聚腳地。

現在，喝一口緬式奶茶、抽一口香煙，坐在簡陋的椅子上與朋友閒聊，仍然是當地人愛流連在茶館（tea house）的生活寫照。有別於我們對茶館的一貫理解，緬甸的茶館不只是飲茶的地方，還提供各式各樣的麵食和小吃等等，所以亦是地道的市井食堂。

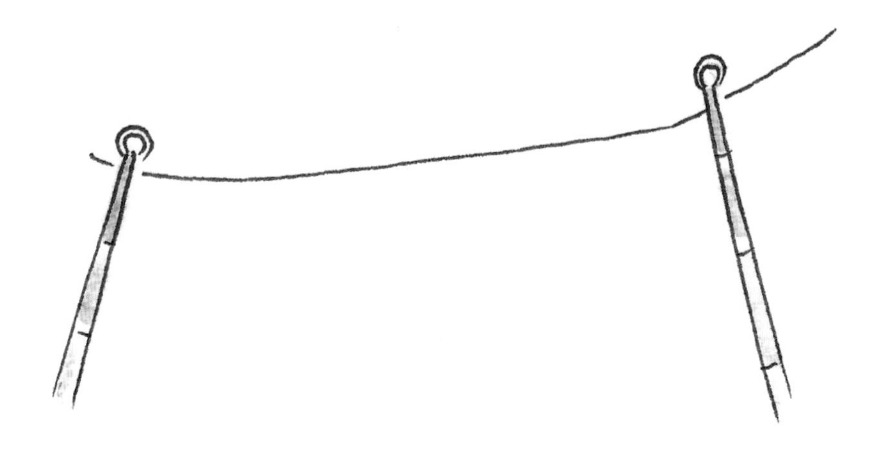

餐桌上長期放著綠茶(yay nway gyan)的保暖壺，只要簡單沖洗杯子後就可以無限量免費添飲。

加入煉奶的緬式炭燒奶茶(lahpet yay)，味道和口感都與港式奶茶不盡相同，但卻有種莫名親切的熟悉感，是我的每日至愛。

是我的口味太淡還是緬甸人太重口味呢？茶館的湯麵大部分也偏鹹，讓我曾一度懷疑，茶館之間都非常大愛地分享自家的秘製配料，那就是味精！

緬甸國內沒有禁煙的概念，在茶館還會出售散裝的香煙，離坐時少了幾根都會算進帳單內啊。

在茶館坐著坐著，這樣就過了一個早上。

受鄰國印度、中國和泰國影響至深的緬甸菜，有很多煎炸小吃、油膩的咖喱，我的腸胃可吃不消！不過以下也有幾款不能錯過的緬甸平民美食推薦：

茶葉沙拉 (lahpet thoke)

緬甸人不只會喝茶，還會吃茶葉，而發酵過的茶葉就是這道菜的靈魂所在。把撕碎的椰菜、切碎的蕃茄、炸得香脆的豆角、小扁豆、辣椒、大蒜和花生等食材和茶葉混合在一起，再灑上魚露及檸檬汁等，非常清新開胃，是酷熱天氣下遊走的恩物。

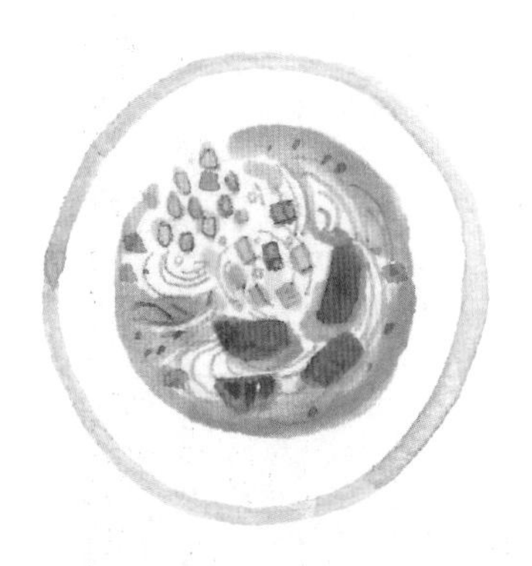

撣族湯麵 (shan khao swé)

撣族湯麵，顧名思義，是來自撣邦的菜式，主要以雞肉或豬肉配以蕃茄的胡椒清湯米線。可能因為製作簡單，所以在撣邦以外也可輕易找到，而且味道適中，是旅人之間非常出名的緬甸菜。

魚湯米線 (mohinga)

假如撣族湯麵是旅人之間出名的美食，那麼魚湯米線就是當地人之間所喜愛的國民美食了。那是用已去骨的魚與香茅、黃薑粉、紅椒粉、蝦醬、魚露等食材一起熬成魚湯的米線，再放入洋蔥、豌豆餅和焓蛋，灑上芫荽和檸檬汁就完美了。緬甸的漁產非常豐富，所以絕不能錯過！

緬甸人的虔誠信仰

聽說，緬甸人很多都是虔誠的佛教徒，生活多艱苦也好，都會盡一己之力布施僧侶、禮佛、為佛像貼金，積福積功德。

在緬甸短暫停留的日子裡，我只知道，在十字路口上、在街邊的小攤檔內、在大樹底下，都是當地人在日常生活中，為佛像騰空出來的重要位置。緬甸人的信仰不只在佛寺內，緬甸人的信仰亦與他們的生活同在。

進入神聖的佛寺時，為尊重場合，穿著端莊、入廟脫鞋，都是基本的禮儀。緬甸與眾多小乘佛教國家的不同之處，就在於當地人在佛寺的入口處就會脫去鞋子，然後裸足走到大殿內禮佛（要注意，也不能穿著襪子啊）。

在四十度高溫下，脫去鞋子，走在熱騰騰的地台上，是對我腳底皮肉的挑戰。在大雨淋漓之下，脫去鞋子，走在雨水混雜污水的地台上，是要我摒除潔癖的挑戰。但對走在信仰路上的緬甸人，那是不足掛齒的小事。

穿著粉紅色外衣的尼姑，
也是緬甸獨有的人民風景。

完善的巴士系統

「在仰光搭巴士比較麻煩，因為巴士號碼都是用緬甸文寫的。」出門前，我從友人口中得知這個地道的交通資訊。

但沒想到，緬甸已經以我想像不到的速度急促發展中，只是短短一年之差，仰光市內的巴士已經增添了阿拉伯數字，還開通了平民化的機場巴士，真是背包客的出行恩物呢！趕時間的話，還可以選用制霸東南亞的叫車平台「Grab」，價錢合理又安全。

雖然巴士內都非常擁擠，但是緬甸人都很有禮貌，而且樂於助人。記得有次，正當我快趕不及下車的瞬間，旁邊的緬甸青年一手把我的大背包極速傳遞給靠近車門的乘客，我才可以安然地全身而退，現在想來也很窩心。不過，司機有時開得像過山車般瘋狂，所以在車廂內一定要抓緊扶手和保持平衡啊！

市內交通：200至300緬甸元一程（約港幣1至1.5元）
機場巴士：500緬甸元一程（約港幣2.5元）
（2018年9月的匯率，1,000緬甸元約等於港幣5元）

除了沿途問路外，配上點對點的Yangon City Bus app後，在仰光市內遊走就方便多了！

環城火車站周邊

歷史悠久的仰光環城鐵路火車（Yangon circular train），是住在近郊的仰光市民每日通勤的交通工具之一，亦是旅客飽覽城鎮日常風光，短短三小時「貼地」鐵路旅程。

而我就來到了離Sanchaung社區最近（但也有30分鐘的路程），仍保留著英國殖民建築的Kyeemyindaing車站。

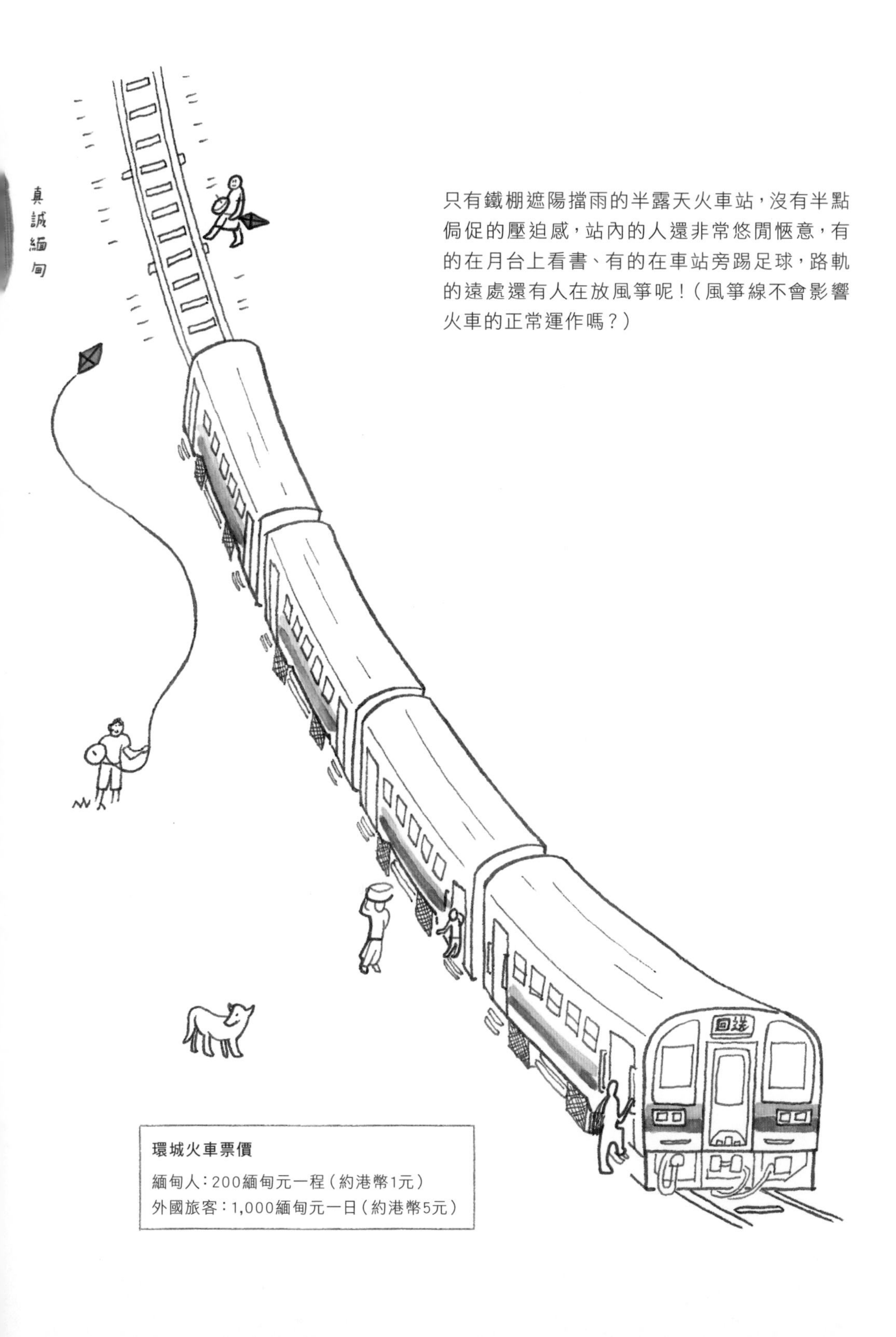

只有鐵棚遮陽擋雨的半露天火車站，沒有半點侷促的壓迫感，站內的人還非常悠閒愜意，有的在月台上看書、有的在車站旁踢足球，路軌的遠處還有人在放風箏呢！（風箏線不會影響火車的正常運作嗎？）

環城火車票價

緬甸人：200緬甸元一程（約港幣1元）
外國旅客：1,000緬甸元一日（約港幣5元）

酷熱的天氣下，在火車站、碼頭、銀行、甚或是店舖的門外，常設有提供給路人消暑的免費飲用水，有的外觀還很別緻呢。

火車終於緩緩地駛進站內，卻竟然是已被日本淘汰的舊JR線列車！讓人有種穿越日本時空的親切感。頭頂著一籮籮貨品、穿著傳統服的小販，見狀立即走上JR向車廂內的乘客兜生意。不同時空的事物，在此時此刻，卻交織在同一個空間之下，別有一番風味。

當地人都把火車站當成與朋友見見面聊聊天的好地方，而我也不例外。

文青詩人Tain

「你好。我看到你的帖子，
對於你在緬甸的藝遊創作很有興趣。
我是一個文學系學生，很喜歡藝術，也在出版社做自由工作者，
或許我能幫上一點忙。Tain上」

緬甸人對「沙發衝浪」*這個聯繫當地人和旅人的平台還很陌生，但沒想到在公開發帖後的數天，我竟然收到了文青詩人Tain的訊息，幸運之神一定是在眷顧我了。

Tain的家在仰光的近郊，而他的日程一直也排得密密麻麻，幸好最後也能趕及在我乘夜巴到蒲甘（Bagan）的當天相約在Kyeemyindaing火車站見面。

我眼前的青年果然是位詩人，非常即興！

* 沙發衝浪（couch-surfing）：免費開放自家沙發予世界旅人，亦重視文化交流及在地體驗的網上平台。
https://www.couchsurfing.com

初次見面的Tain，好像是來打救我的主診醫生，排解了我過去數天在仰光積累下來滿腦子的疑難雜症。「手動門鈴裝置這設計，真是很聰明啊！」「為甚麼來自不同學校的學生，全都穿著清一色的綠色校服呢？」「因為他們是國立學校的學生，而穿寶藍色的就是私立學校。」聊著聊著，我這個問題女子完全把計劃好的環城火車鐵路之旅拋諸腦後。眼見時間不早了，Tain提議在Sanchaung附近的咖啡店吃晚飯，方便我回家拿大背包，再出發到市外的長途巴士站搭夜巴。

The Plant House Café
一間售賣書籍、盆栽和本土手工製品的文藝咖啡店

（相片由The Plant House Café提供）

沒想到，在遠離仰光市中心的社區，也會有這樣一個舒適綠意的複合空間，還會不時舉辦讀書會、紀錄片放映會和語言交流等文藝活動，真是一個文青好去處。而且，老闆Si Thu還是曾來香港進行藝術交流的藝術家，真是巧合啊！

印象最深的是，我隨隨便便點的咖啡，竟然是一杯緬甸產的掛耳咖啡。雖然已經記不起咖啡的味道，但是就牢牢記住了一個支持本地產業的小舉動，想必和店內售賣本土傳統小吃和手工藝品的理念同出一轍吧？

THE PLANT HOUSE CAFÉ

33 Nyaung Tone Street, Sanchaung Township,
Yangon, Myanmar
+95 9798 883 355
https://www.facebook.com/theplanthousecafe

要好好地觀察這座偌大的仰光民間博物館，已經忙得不可開交了，要不是Tain的帶路，我一定會錯過這間非常有心的社會企業——HLA DAY。

HLA DAY
81 Pansodan Street, 1st Floor, Middle Lower Block, Yangon, Myanmar
+95 9452 241 465
https://www.hladaymyanmar.org

在市中心的人氣餐廳「Rangoon Tea House」（已搬遷）旁有一條狹窄的樓梯，那就是通往HLA DAY的入口。簡潔明亮的裝潢，被色彩繽紛的產品點綴了店內每個角落，讓人目不暇給。它們都是由緬甸不同省份和城邦的傳統手工藝品所改良而成，例如紙漿藝術和黑漆器等等，來延續不同民族的文化特色，為村民帶來工作機會之餘，亦幫助社區內有需要的人，是一個可持續發展的項目。

店內的iDiscover Yangon City Guide（旅遊指南），完全對準我的口味。輕便的地圖和app內全是當地人設計的在地心水推介，指南不只限於市中心的繁華地段，亦會介紹有人有故事的生活社區，我的Sanchaung社區也包括在內呢。最後，我還發現iDiscover團隊原來是來自香港的！這就是緣分嗎？

https://i-discoverasia.com

把物料升級再造的產品雖不是甚麼新奇點子，但是我很喜歡他們連購物袋也一視同仁，以本地報紙設計加工而成，貫徹環保理念之餘，連細節也很專注用心地做。

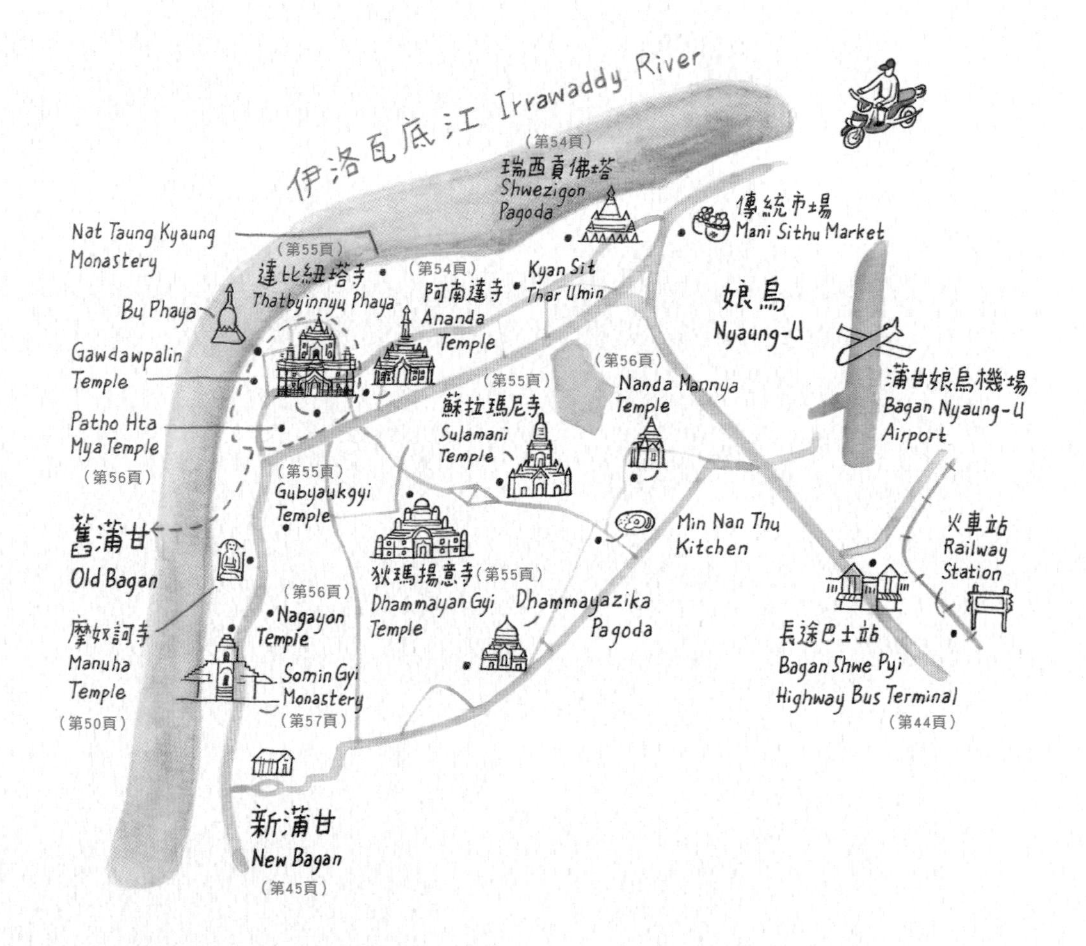
伊洛瓦底江 Irrawaddy River
（第54頁）
瑞西貢佛塔
Shwezigon Pagoda
傳統市場
Mani Sithu Market
Nat Taung Kyaung Monastery
（第55頁）
達比紐塔寺
Thatbyinnyu Phaya
（第54頁）
阿南達寺
Ananda Temple
Kyan Sit Thar Umin
娘烏
Nyaung-U
By Phaya
Gawdawpalin Temple
（第56頁）
Nanda Mannya Temple
蒲甘娘烏機場
Bagan Nyaung-U Airport
（第55頁）
蘇拉瑪尼寺
Sulamani Temple
Patho Hta Mya Temple
（第56頁）
（第55頁）
Gubyaukgyi Temple
舊蒲甘
Old Bagan
Min Nan Thu Kitchen
火車站
Railway Station
狄瑪揚意寺（第55頁）
Dhammayan Gyi Temple
Dhammayazika Pagoda
（第56頁）
Nagayon Temple
摩奴訶寺
Manuha Temple
（第50頁）
Somin Gyi Monastery
（第57頁）
長途巴士站
Bagan Shwe Pyi Highway Bus Terminal
（第44頁）
新蒲甘
New Bagan
（第45頁）

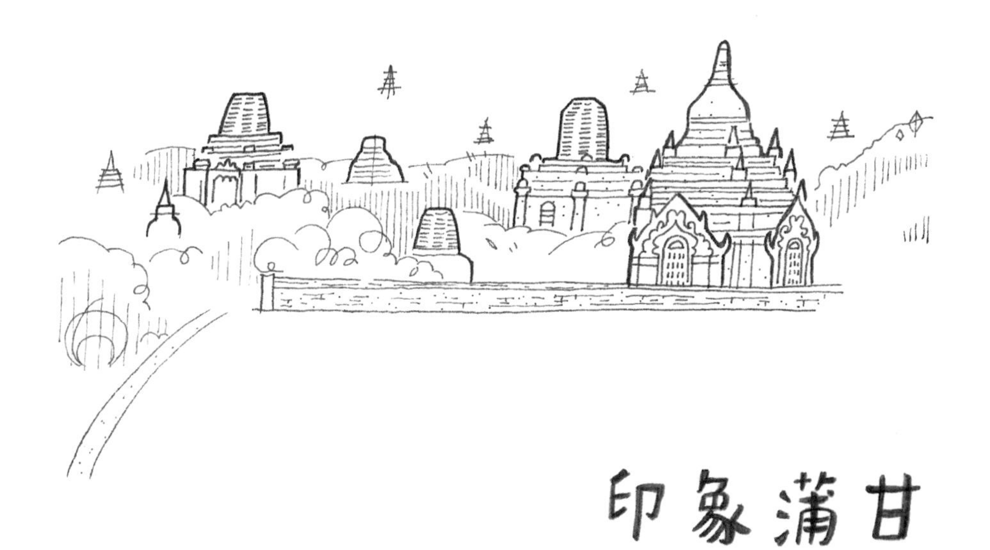

印象蒲甘

佛塔、佛塔、佛塔以外，仍是佛塔……

不能接待外國人

在巴士內度過一個難眠的晚上後，我疲倦的身心終於來到蒲甘的長途巴士站。很感激Tain的蒲甘朋友，縱使不順路也拔刀相助，帶我逃離的士司機的虎口，把我載到下榻的旅館去。

巴士站內雖清楚豎著的士的公價車資，司機仍然「屈」遊客不手軟，說甚麼「那是單人的價錢」、「你去的地方更加遠」等等，手法層出不窮。

看著Tain和他朋友的車子向著新蒲甘（New Bagan）駛去時，我巴不得自己能躲進車廂內，跟著他們住進當地人的家，親身感受沒有濾鏡的蒲甘生活，而不是身後這冷冰冰的旅館。

可是，在改革開放不久的緬甸，明文規定遊客只能入住已註冊的酒店或旅館內（也有旅館只能招待緬甸人）。想在緬甸「沙發衝浪」嗎？不好意思，那是非法的。

落後的新蒲甘

有「萬塔之城」美譽的蒲甘，是9至13世紀蒲甘王國（Pagan kingdom）的首都，也是現時人稱「舊蒲甘」（Old Bagan）的所在地。

為了方便與Tain會合，我由背包客集中地的娘烏（Nyaung-U）搬到了新蒲甘的旅館。新蒲甘離我心目中的現代化市鎮有很大的落差，在那裡，旅館以外的民居仍然是空氣流通的傳統竹造房子。當電單車駛過鬆散的沙地上時，會捲起陣陣塵土，環顧四周的種種，這個地方完全與新市鎮沾不上邊⋯⋯

離舊蒲甘幾公里外的新蒲甘，它的出現並非甚麼前瞻性的周詳規劃，而是軍政府在1990年為申請世界文化遺產鋪路，以減少村民對遺址的破壞為由，一聲令下，要村民在一星期內搬到當時還沒有水、沒有電和道路，一個鳥不生蛋的地方。

村民被迫的犧牲，並沒有得到相應的回報，因為當時軍政府草率地修繕佛塔和管理不善等原因，讓失落了20多年殊榮的蒲甘古城，直至2019年7月才被列入「世界遺產」名錄內。

在街頭巷尾常常有當地人圍圈踢球，後來看到他們在排球場上踢球對壘時，才知道那是在東南亞非常流行的藤球（Chinlone）！

跟著速寫前輩寫生的奇幻之旅

即興來到蒲甘的Tain，竟在路上巧遇了幾組朋友，他們有的是來出差，也有的專程來寫生。究竟今天是吹了甚麼風，把大伙兒都吹來了蒲甘呢？怎樣也好，我可以肯定的是，托Tain的福，我這個無關痛癢的人也可以與速寫前輩一行七人，駕著三輛電動單車和一輛微型小卡車一同寫生去！

是在尋找速寫的最佳位置嗎？前輩沒有選擇出名的佛塔，反而一直往叢林的曲折泥路駛去，直至在一座看似荒廢的佛寺前才停下來。

前輩向我笑道：「這是座沒有名字的佛寺。」是的，在這蒲甘平原上，芸芸2,000多座現存遺址中，享負盛名的佛塔都不乏名字，但是有更多的是隱沒在IP地址內，沒有任何標示的佛塔。

這座佛寺前的空地都長滿了雜草，看來是被遺忘的一群，就連半個管理員都沒有*，空無一人。我跟著前輩在布滿沙石的門前脫下了鞋子，佛寺內非常昏暗，要用手電筒才能仔細地欣賞褪了色的牆上壁畫和雕刻。

* 為保護遺址，在大大小小的佛塔外，都有管理員在旁看守，叮囑遊客要脫掉鞋襪、寺內不能拍照，還有逮著嘗試逃票的漏網之魚。蒲甘景區五日票售價為25,000緬甸元（約港幣125元）。

門廊旁有一條只能容納一人通過的狹窄樓梯，可通往頂層的平台。從平台上遠眺，有數不盡的佛塔散落在叢林各處，究竟這是要花上多少年才能完成的人文景觀呢？我才剛回過頭時，前輩卻拿著不知從何弄來的工具，除去梯級間的雜草，讓我們可以更容易通過。往後，我都看到他們會默默地收拾路上的玻璃碎片和垃圾，真有公德心。

看著前輩坐在露營椅上寫生、在地蓆上放滿一地的顏料和用具的「相片」時，我只有無聲地悲鳴——唉，是的，在急著上洗手間的緊急狀態下，我錯過了這趟旅程的重點，未能在現場看著前輩施展功力，只好看著他們剛完成的作品，望梅止渴……

旅程的尾聲，我來到了其中一位前輩的家，原來他就住在舊蒲甘不遠、以黑漆器聞名的緬卡巴（Myinkaba）。家中掛滿了很多他自己不同畫風的作品，彷如置身於畫廊之中。

雖然這趟寫生遊無聲無色地落幕，但是我的蒲甘奇幻之旅仍然進行中……

遇上一年一度的摩奴訶寺節慶

離開速寫前輩的家後，往摩奴訶寺（Manuha Temple）的路上都塞得水洩不通，而且還有交通警在維持秩序，非常誇張。原來摩奴訶寺節慶*的巡遊已經開始了，難怪在佛寺對開的空地已經人山人海。

被人海重重包圍著的馬、大象、老虎、豬、摩奴訶國王和一些民間故事的紙藝角色，都是由村民從遠處逐一抬進場，與大眾互動一番。最意想不到的是，我在這裡竟然碰見了「昂山素姬」和「米高積遜」，這個佛教巡遊也真夠入世啊！

在這裡，從四方八面湧來參與節慶的村民，大多都塗滿了天然護膚品——塔納卡（Thanaka），而且還穿著傳統服飾，與大城市仰光相比，有更多顏色百變的穿搭呢。

在猛烈的陽光底下，撐著傘子、用手擋著太陽，忍耐著沙塵滾滾的不適，也要佔好有利位置看巡遊的村民，一定是對這場節慶雀躍不已的了。

正當我好奇著巡遊會在甚麼時候完結，才知道原來一天下來會有過百款紙藝粉墨登場，而且節慶到了晚上還會繼續有歌舞表演，直至夜深！

* 摩奴訶寺節慶（Manuha Temple Festival）在每年緬曆6月的滿月日前一天（一般為西曆9月或10月）舉行，為期兩日。節慶期間，銷售所得的收益都會捐贈給僧侶和修復佛寺之用，是一場籌款嘉年華。

但環顧四周，村民全都是一面苦悶無趣的樣子，是過於專注巡遊，還是不習慣把笑容展露於人前呢？

這是難得看到自然笑容的一家。

與建築師Okkar遊蒲甘

「我可以帶你遊覽蒲甘。」

自信地向我說出這句話的，不是在路邊兜生意的導遊，而是昨天在節慶後認識的朋友Okkar（正確來說，是Tain的朋友）。不過，一位來自仰光的建築師，又會對蒲甘遺址有多了解呢？原來，他在2016年8月緬甸6.8級地震後，為記錄損毀嚴重的佛塔狀況，而短居蒲甘工作一個月。而今次，他完成了在蒲甘的工作後，預留了時間參與摩奴訶寺節慶，恰巧遇到了Tain和我。

與Okkar昨天的偶遇，剛好填補了今天需要休息的Tain的空缺，好一場完美的交接儀式！透過Okkar的角度，我參觀了很多不容錯過的著名佛塔，還上了一堂清晰的蒲甘遺址速成班，學會了如何簡易辨別不同的建築特色。

最古老和神聖的瑞西貢佛塔
（Shwezigon Pagoda）

最美和保全完好的阿南達寺
（Ananda Temple）

「蒲甘王國盛世的200多年間，建造了大大小小超過3,500座佛塔、佛寺和僧院等建築，想一想，那麼一個月平均就能完成1.5座了，這個速度是不是很瘋狂？」

直到現在，蒲甘仍然是佛教徒的重要聖地，絡繹不絕。

最高的達比紐塔寺
（Thatbyinnyu Phaya）

最大和城牆最厚的狄瑪揚意寺
（Dhammayan Gyi Temple）

Okkar表示：「比起人稱最美壁畫的蘇拉瑪尼寺（Sulamani Temple），我更推薦古彪基寺（Gubyaukgi Temple），因為蘇拉瑪尼寺內的壁畫，絕大部分都不是蒲甘時期（11至13世紀）的手筆，而是後期（16至17世紀）的作品。」

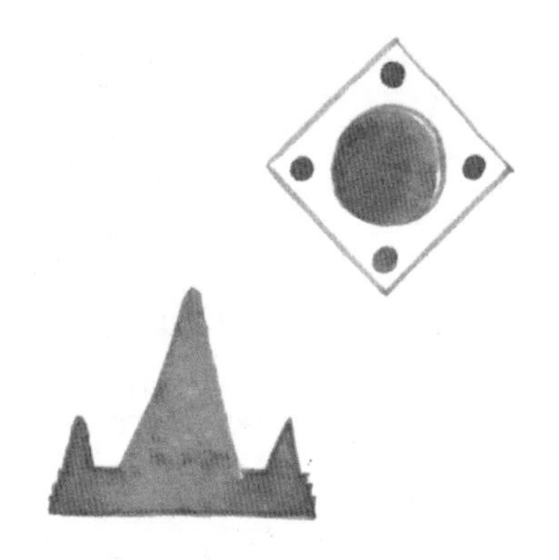

常被稱為佛塔的窣堵波(stupa),是一座沒有入口的實心塔,內部是用來存放佛教的重要聖物。最古老的瑞西貢佛塔,相傳就供奉了佛陀舍利。

可以進入參拜的佛寺(temple),有很多不同的格局,簡單如只有一室的南達曼耶寺(Nanda Mannya Temple),走進短小的門廊後,佛像就安然地坐在面前。

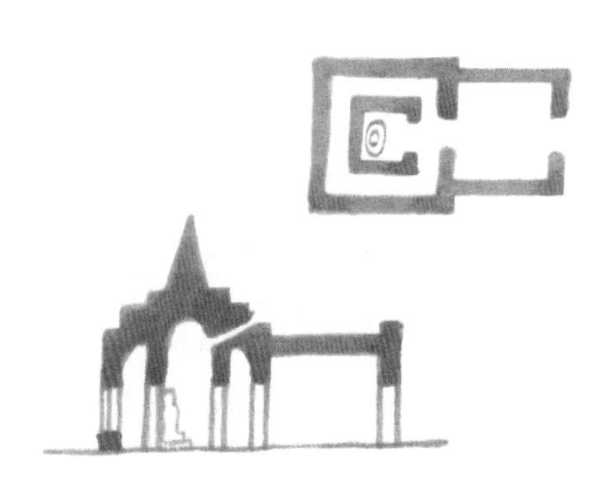

複雜些的佛寺,設有前廳和嵌入佛龕或雕像的走廊,而佛像就放在佛寺的中央。Nagayon Temple和Patho Hta Mya Temple這兩座佛寺的頂部還設有天窗,可以看到陽光從天窗透進室內,射在佛像的臉上。

規模更大的佛寺,還會有二至四個入口、前廳和幾重的走廊。被譽為最美的阿南達寺就呈正方形,四面也完全對稱,供奉著四尊大立佛。另外,也有二至三層高的佛寺。

除了佛塔和佛寺外，蒲甘還有供僧人冥想和生活的僧院等建築。Somin Gyi Monastery雖然已損毀嚴重，但從沒有扶手的樓梯走上二樓時，仍然可以看到地下一間間僧人冥想的房間。

而在這些變化多端的佛寺中，還可以從一些細節辨別出不同的建築時期呢！早期的佛寺，除了入口外，光線就只能從窗戶的小通花透進去，室內比較陰暗，而且走廊也很狹窄。隨著建築技術漸趨成熟，後期的佛寺，室內的空間都較寬敞，而且還有不少是開放式的拱門，採光度高。

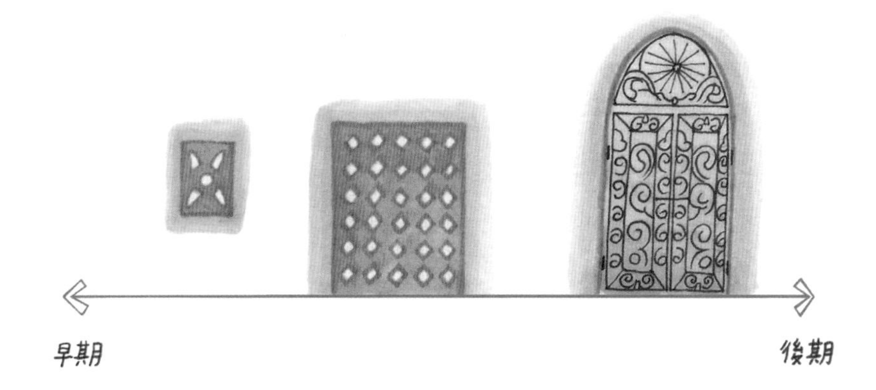

「你很幸運，因為有我帶你遊蒲甘。」

在這短短的一天，全賴有Okkar的無私導覽，我對蒲甘遺址才會有一個簡單而深刻的印象，他還叮囑我到了斯里蘭卡後，要去影響蒲甘建築深遠的阿努拉德普勒（Anuradhapura）走走。把我送回旅館後，他就直接帶著兩倍的汗水搭夜巴先回仰光了。而我也是時候收拾心情，準備出發到下一站——娘水（Nyaung Shwe）。

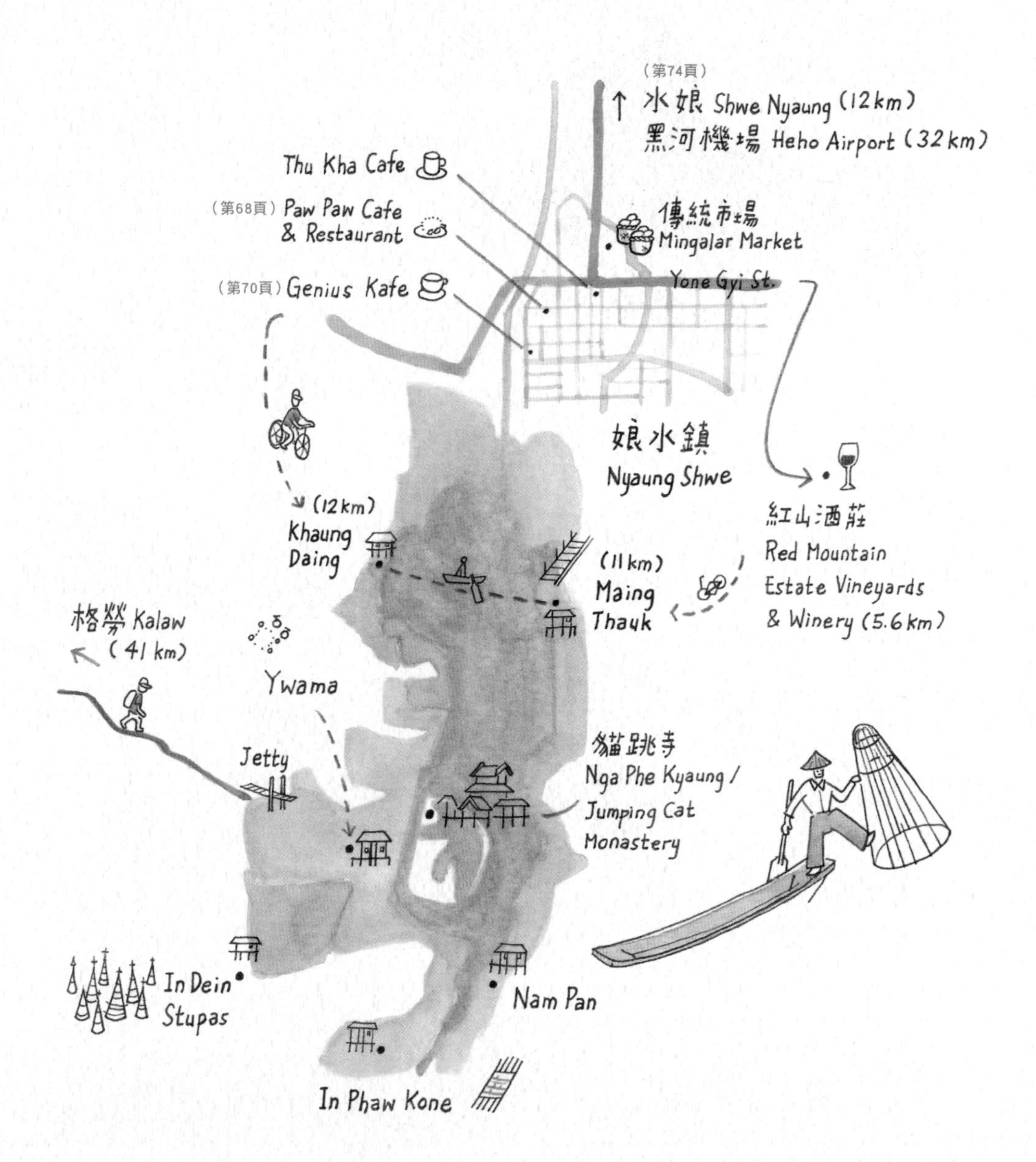

（第74頁）
水娘 Shwe Nyaung (12km)
黑河機場 Heho Airport (32km)
Thu Kha Cafe
（第68頁）Paw Paw Cafe & Restaurant
傳統市場
Mingalar Market
Yone Gyi St.
（第70頁）Genius Kafe
娘水鎮
Nyaung Shwe
紅山酒莊
Red Mountain Estate Vineyards & Winery (5.6km)
(12km)
Khaung Daing
(11km)
Maing Thauk
格勞 Kalaw
(41km)
Ywama
Jetty
貓跳寺
Nga Phe Kyaung / Jumping Cat Monastery
In Dein Stupas
Nam Pan
In Phaw Kone

閑闊在娘水

這棟兩層高的竹樓，就是我繪畫小誌的地方。

兩日一夜徒步到茵萊湖

從蒲甘乘巴士到茵萊湖（Inle Lake）北面的娘水鎮，必須穿過九曲十三彎的山路，歷時約9小時。而我的行程卻有點迂迴，因為我先在中途下車，由英式避暑山城格勞（Kalaw）花兩日一夜，與團友*一同徒步至茵萊湖，感受撣族湯麵的故鄉——撣邦高原（Shan Plateau）的田園風光。

* 在格勞有很多辦徒步團的旅行社，我參加了「Jungle King」的兩日一夜8人徒步團（包交通、食宿及一位同行領隊），收費每人30,000緬甸元（約港幣150元）。

一開始，我們走在村落的小徑上，然後竄進粟米的田野之間，走呀走，走呀走，高原上一片又一片綠油油的山巒映入眼簾，風景明媚。沿路上，沒有任何造作的人工景點，只有農民在田野間辛勞工作的背影，日出而作、日入而息的樸實田園生活。

這條高原的徒步路線，坡度不算很大，非常適合初階的我，只是假如在滂沱大雨的季節徒步，就要做好走在泥濘上的心理準備……不過，經過一整天勞碌的行程後，我們終於到達當晚所下榻的僧院，可以脫下身上那套汗水夾雜著雨水的衫褲鞋襪放鬆一下了！

出發前，領隊曾提醒我們，僧院裡並沒有淋浴設備，不過可以用膠桶裝水沖身，當時我還很有自信地回答他：「沒問題，我以前在泰國做義工時，已經習慣了。」

但是，領隊他沒有提到，那是一間沒有屋頂、不分男女的簡陋淋浴間。看著自己腳上的泥濘和聞著一整天徒步的臭汗味，我只好一邊防範著異性的誤闖，一邊與今天才認識的歐洲美女玉帛相見，在微雨下極速沖身，這個難忘的體驗成為了我這趟徒步旅程的亮點。

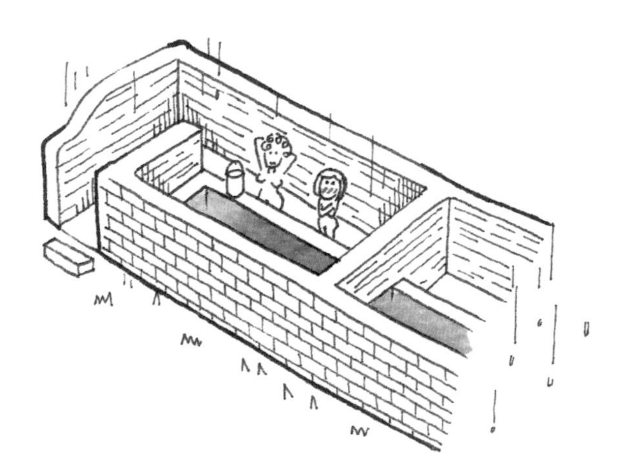

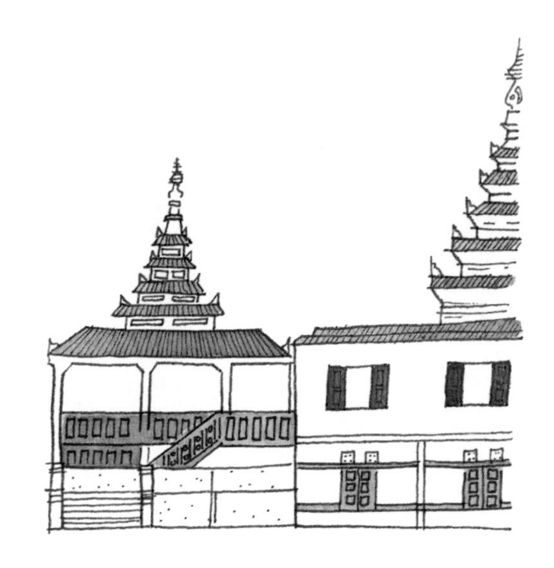

過了晚上8點，僧院就再沒有電力供應了，我與團友坐在竹席上共晉浪漫的燭光晚餐，桌上有沙律、炒豆角、生菜、土豆和咖喱雞等菜式，非常豐富。不過，等等！在僧院也會提供葷菜的嗎？原來，信奉小乘佛教的緬甸僧侶，對於化緣得來的食物，只要不是專為僧侶而殺生的，都不會挑剔，葷素皆可，我們才放心進食。

一大清早，廚房已經傳來裊裊炊煙。

清晨時分，僧侶已經開始在大殿內誦經，我只好從床墊裡爬起來，忍耐住腳部的酸痛，吃過早餐後就是時候繼續行程了。這時，空地上傳來了一陣陣的笑聲，我們探頭出去，發現村裡的小學生和僧院的小和尚竟然一起玩飛碟，還玩得不亦樂乎！他們打破了我對僧人要持戒修行的理解。

幸運地，今天的路比昨天好走，中午前我們已經來到了茵萊湖*的碼頭，吃過午餐後，踏上開往娘水鎮的船那刻，就代表著徒步旅程的終結。我有驚無險地，完成了人生第一次的徒步體驗。

* 茵萊湖觀光門票收費10美元一位。

比起人來人往的咖啡店，我更喜歡宅在房間內創作。
這間簡樸、寧靜又便宜的房間，就滿足了我基本的需要。
清晨時分，還有雞啼聲作鬧鐘，這樣就不怕睡過頭了。

在雜貨店尋找鉛筆刨

在旅舍安頓好後，我已急不及待在畫紙上動筆，那時才發現我的鉛筆刨不見了！對了，因為沒有帶寄艙行李，只好把不能隨身攜帶的美工刀、鉛筆刨那些尖鋭的工具留在家中⋯⋯但是，要在小鎮上毫無頭緒地尋找文具店，也挺花時間的，所以我便向旅舍職員求救。她熱心地指著旅舍旁的雜貨店説：「那裡就有。」「那間雜貨店嗎？」「是的，沒錯！」

緬甸人都把文具放在雜貨店裡賣的嗎？我帶著心中的疑惑，走到雜貨店門前，用身體語言告訴他們，我想買一個鉛筆刨。

老闆看著我詭異的削筆姿勢，點了頭，就拿起了兒子的大象削筆機幫我削鉛筆。往後，偶爾經過雜貨店時，我也會買一些零食表示謝意，而老闆也總是掛著那真誠的笑容回應我。

培訓鄉村女孩的社企餐廳

在閉關創作的日子裡，一日三餐成為了我每天最期待的小確幸，為了慰勞整天工作的自己，每次都會細心挑選心水餐廳。

有一個晚上，我就來到了一間社企餐廳「Paw Paw Cafe & Restaurant」。

PAW PAW CAFE & RESTAURANT
26 between Pawn Daw Side Road and Yone Gyi Road,
Win Quarter, Nyaung Shwe, Shan State, Myanmar
+95 9778 779 627
https://www.facebook.com/pawpawmyanmar/

在緬甸，有很多打著非政府組織（NGO，non-governmental organisation）旗號的社會企業，它們有一個共通點，就是由外國人所開設。不過在Paw Paw裡，坐在我面前的老闆，卻是一位有氣質的緬甸女士Zi Zi。

開設社企餐廳之前，Zi Zi是一位資深老師，多年來看透了緬甸教育的根本問題：只要求學生絕對服從老師，卻沒有給予學生一個嘗試和實踐的機會。縱然沒有龐大的金主做後盾，她仍在自己能力範圍內，協助在偏遠鄉村面對不同生活困難的女孩來到Paw Paw。

有別於在一般餐廳打工的員工，Paw Paw會先教導女孩從基本的健康飲食開始，例如只使用潔淨的食水煮食、如何不用味精也能烹調出味道天然又美味的緬甸菜等。空餘的時候，她們還會進修英文、熱衷發展個人喜好和專長，希望完成培訓後也能自力更生。

雖然只是一個短暫的用餐時光，我從Zi Zi的分享中又再認識緬甸多一點。

在旅舍巧遇香港人Lilian

過了幾天沒説話的閉關日子，隔壁突然傳來房東與客人對話的聲音，而直覺告訴我，她是香港人。

非常巧合，同樣從格勞徒步來娘水的Lilian也喜歡畫畫，她的畫簿內畫滿了仰光大金塔、蒲甘日出日落的作品，而且還是隨時隨地都能站著速寫的類型，非常厲害！

有緣的相遇，把這間簡樸的房間，瞬間變成了藝術愛好者的小型交流會。看著我還未完成的稿件，她給了我一些正面的意見：「你的作品很適合日本的市場，如果用英文書寫的話，不用翻譯就可以直接自薦投稿了。」我好像從她那裡得到了勇氣似的，立即擦去草稿上的中文，改用不靈光的英文書寫我在緬甸的見聞和經歷。

Lilian停留的時候不長，離開前我們到了在運河旁邊的本土咖啡店「Genius Kafe」坐坐。

以船的引擎聲音作背景音樂，一邊喝著這裡出產的撣邦咖啡，
一邊訴說我們各自的生活種種。

（相片由Lilian提供）

回到家後的Lilian，還把我從緬甸寄給她
的小誌和她的作品一起來個大合照呢！

我再也不是當地人

擁有一張東南亞的大眾臉，令我獲得一張泰國當地人的入場券，還有被越南人質疑著：「你真的不會說越南話嗎？」讓我哭笑不得。不過，被當作當地人看待的好處也不少，可以減少遊覽時被抬價、兜生意的掃興，讓我的旅程更貼地一點。

可是，在緬甸，我卻失去了這個天然的保護屏障，走到哪裡也會有人問我：「嗨！你從哪裡來？」「你是日本人嗎？」他們一眼就能看穿我旅客的身分，是因為我缺少了緬甸婦女身上的兩個特徵——塔納卡和特敏（Tamane）。

塔納卡(Thanaka)

出門前，緬甸婦女都愛把塔納卡塗在臉上，別少看這泥黃色的奇異東西，它可是集防曬、保濕、控油、去死皮等護膚功能於一身的天然護膚品，在炎熱的天氣下，還有降溫的作用呢。

特敏(Tamane)

緬甸人與其他東南亞國家不同，在日常生活中，他們仍會穿著傳統的筒裙，男士穿的叫籠基(longyi)、女士穿的叫特敏，而繫在腰間的方式也不同，是當地非常清爽的穿搭時尚。

考慮到緬甸只是我的旅程首站，為了可以輕便地上路，我還是繼續和緬甸人玩著「你從哪裡來?」的問答遊戲好了……

只要把塔納卡樹枝放在圓形石板上，加入少量清水後就能現磨成漿，非常簡便易製。

30小時的軟座火車體驗

對慢吞吞的我來説，要在旅程中完成一本小誌，真是與時間競賽的一大挑戰。不過，我在娘水閉關數天的努力總算沒有白費，現在只餘下回到仰光，準備印刷和投寄的最後衝刺了！

為彌補未能好好感受茵萊湖水上生活的遺憾，我送了一趟只有軟座的高山鐵路之旅給自己，體驗由小鎮水娘（Shwe Nyaung）穿越到大城市仰光的城鄉人民風景。

一大清早，我來到了離娘水11公里外的水娘火車站。在月台上候車的乘客都疏疏落落，我只要即場買票便可上車。走到自己的座位時，乘務員都非常殷勤，幫我把大背包繫好在行李架上，清理了窗口的蜘蛛網後，好奇地問我：「Go where?（去哪裡）」，他一聽到我要到仰光去，立馬豎起大拇指，還告訴旁邊的大媽，我也和她同路。

從窗口遠望，是在格勞徒步時綿綿的高山美景，把視線轉回車廂內，卻是當地人乘搭火車的生活百態。坐在我面前和隔壁的，是一個有老有嫩的大家庭，他們好像螞蟻搬家似的，帶著裝有暖水壺、不銹鋼便當盒、小吃的藤籃，還有枕頭和綿被等上火車，他們真的是非常專業的乘客！

水娘鎮到仰光火車票價

9,500緬甸元（約港幣47.5元）

同是到仰光的大媽，又會怎樣消磨時間呢？她不僅沒有睡午覺，而且還在車廂內不斷走來走去，當停靠火車站時，大媽更是忙得不可開交，把剛採購來的薯仔、椰菜、紅蘿蔔和牛油果等食材，一袋一袋的塞進車廂裡去，我的椅背後都藏了她的戰利品呢！

「一個家庭真的需要吃哪麼多蔬菜和水果嗎？」

停靠火車站時，月台已搖身一變成為了小快閃批發的墟市！

這時，用頭頂著食物、蔬果的婦女和大叔已經從四面八方走過來，他們不只竄進車廂內，還會走到旁邊的路軌上，在車廂外抓緊每一分每一秒做生意的機會。

火車離站後，大媽一刻也沒有閒下來，開始檢查食材的品質，然後分門別類放入不同的袋子裡，火車駛過了無數個車站後，她竟開始把食材運下車!?呀！謎底終於解開了，大媽才不是為家人添置食材，而是在火車上做簡單的物流工作，安排食材由高原運到沿途的城鎮去。

對面的乘客都不知道換了多少遍，太陽已徐徐地下山了，黑漆漆的晚上只看到途經車站的微光，照在月台上席地而睡的當地人身上。我也是時候要在這張軟座尋找一個較為舒適的姿勢嘗試入睡了。

翌日早上，理所當然地睡不好，而且太陽還要曬進車廂內欺負我，不過殷勤的乘務員還是很貼心，向我示意可以換個位置吹吹風。我就這樣，在一晚之間，回到了旅程的起點，而和我同路的大媽，拿著比我還要少的行李，隱沒在大城市的人海中。

原先預計的24小時鐵道之旅，最終花了30小時才到達，無聲無息地打破了我過往最長的乘搭記錄——我想我可以略過仰光的3小時環城鐵路之旅了。

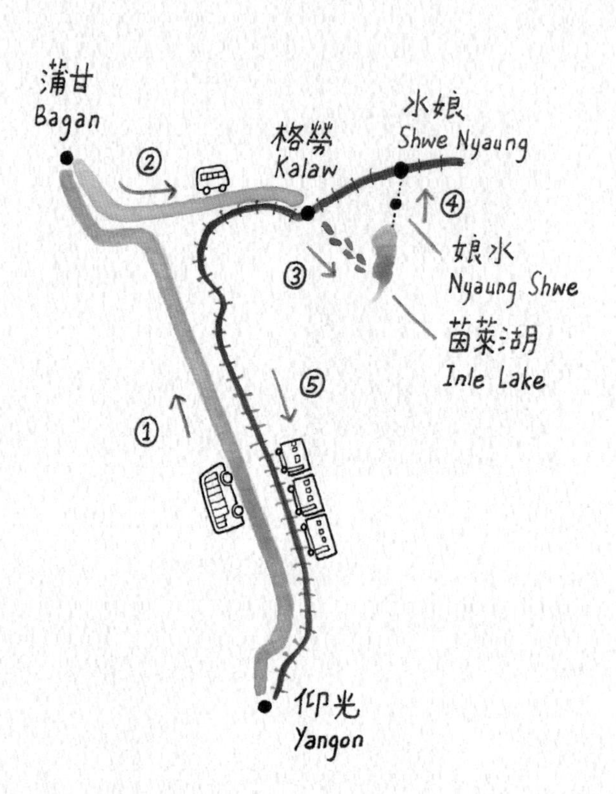
蒲甘
Bagan
②
格勞
Kalaw
水娘
Shwe Nyaung
④
娘水
Nyaung Shwe
③
茵萊湖
Inle Lake
⑤
①
仰光
Yangon

離開緬甸前

必須完成這趟旅程的主要任務。

你好！我想印一本小誌

人生路不熟，尤其是在改革開放不久的緬甸，簡單如在印刷店印小誌，或許也會出現莫名其妙的狀況，所以一到埗，我就嘗試跟著藝廊職員的消息，來到了仰光市中心的第34及35街，聽説印刷店都集中在這邊。

我沒頭沒腦地走進印刷店，一家一家詢問最少的印刷數量、價格和所需時間等等，預先獲得這些第一手資料，心裡也踏實多了，可是我最後還是在選紙上中了地雷……

「你想選用哪款紙呢？我們這裡有適合做名片、小冊子或海報的光面紙。」

「你們有啞面紙嗎？」

「我們沒有。」

「那麼我可以預訂嗎？」

「當然！那麼你想訂哪款紙呢？」

「啞面紙。」

「唔……我建議你先印在光面紙上，然後再把啞面效果加工上去。」

「噢！好的，感謝妳的提議。」

這是甚麼奇怪的邏輯？我一邊疑惑著，一邊離開了印刷店，再嘗試尋找專門售賣紙張的紙行，卻苦無門路……難道我真的要把自己的心血，印（敗）在那些不合適的光面紙上嗎？

印刷店的臨時共享空間

一覺醒來，昨天找不到合適用紙的沮喪心情，今天總算平復了些，還自我安慰著：這款當地人常用的光面紙，用它來印小誌，也算是代表著緬甸吧。

雖然已對選紙作出妥協，但是在印刷的過程中，仍然布滿地雷。選好了紙張的厚度後，店員才從容地告訴我沒有A3的尺寸，必須人手裁切。看著店員隨意地作業，燃起了我對作品細節的執著，自告奮勇親自操刀才安心，還順便借用了這裡的工具，把小誌摺疊成書。

從早上十時開始，友善的店員就與我一起共享著印刷店的空間，直至完成女工的裁切和摺疊工作為止。下午二時半，我終於步出印刷店，才發覺自己還沒吃午餐。

這就是在當地繪畫及印製的第一本旅途中小誌《真誠緬甸》！

送給Tain和Okkar的小禮物

剛步出印刷店、準備把新鮮出爐的小誌帶回旅舍之際，我戲劇性地收到了Tain的訊息。他剛好身在市中心，名正言順地成為了小誌的第一位讀者。

曾是「逃學威龍」的Tain，提早離開了校園，攻讀自己喜歡的文學，空餘時還開始攝影、電影和出版等相關的自由工作。面對這位新世代的「斜桿」文青，把小誌遞給他時，就好像把作業交給老師品評般戰戰兢兢，直至看到他滿足的表情後，我才能鬆一口氣。

他表示，沒想到自己國家的文化特色，可以用這些簡潔的圖像呈現，而且輕便摺疊的袖珍小誌，很適合作為手信，還提議我自薦到仰光的工藝店寄賣呢！這不就是對小誌一個強而有力的肯定嗎？

Tain，謝謝你。

在緬甸的最後一晚，剛面世的小誌，讓我與Okkar打開了蒲甘遺址以外的話題。

「緬甸還有很多文化風俗各異的民族和地方，你下次再來時，早些通知我，我可以帶你到其他地區看看。」

Okkar的頭腦非常清晰，從小誌的內容就可以追溯到我的遊覽路線，仰光、蒲甘和茵萊湖，這些被稱為「三城一湖」*的旅遊區，只是緬甸的冰山一角，還有待我再去發掘和感受更多。

說到緬甸真實的生活狀況，Okkar都有感而發，好像是在大城市仰光，仍然有不少在貧窮線下掙扎求存的緬甸人，他們嘗試向政府爭取把日薪由1,500緬甸元提高至3,500緬甸元，但是這樣一個卑微的要求仍得不到保障。作為專業的建築師，Okkar算是很幸運。

「你有想過到國外工作，讓自己和家人過更好生活嗎？」「不，我喜歡我的國家，喜歡這裡友善的人民，喜歡歷史悠久的蒲甘，喜歡天天膜拜的佛寺，我不想離開它們。」

直到現在，我還是牢牢地記著Okkar真誠地說出的這番話。

* 「三城一湖」：仰光、曼德勒（Mandalay）、蒲甘和茵萊湖，是外國旅客遊覽緬甸的經典路線。

親臨仰光郵政總局

每一次把明信片投入郵筒內，就如把它投入茫茫大海之中。為了滿載著心血的小誌能安全寄到朋友手上，今次我專程來到了仰光的郵政總局投寄。

百年殖民建築的郵政總局，是旅客少有可以自由出入的政府機構。雖然郵政局的櫃枱已經改為摩登的設計，但仍然可以看到重要的建築元素，例如是原有的尖頂拱形（lancet arch）的窗口、布雜藝術（Beaux-arts）的鐵門廊和雙扶手的樓梯間等。寄明信片順道參觀歷史建築，真是一石二鳥。

小誌的背頁是明信片的版面，用膠帶封口、貼上郵票（1,000緬甸元一張）後，就可以直接投入郵筒內。

YANGON GENERAL POST OFFICE
39, Bo Aung Kyaw Street, Lower Block,
Kyauktada Township, Yangon, Myanmar
+95 1 380 342

一同趕飛機的英籍尼泊爾人Kamal

原以為把小誌寄出的那一刻，我已經為藝遊緬甸畫上一個圓滿的句號，殊不知在緬甸最後的一小時，還會出現意想不到的小插曲。

天還沒亮，旅舍的客廳已經有客人在吃早餐，原來這位英藉尼泊爾人Kamal和我一樣也要趕早班的飛機。填飽肚子後，我們一邊趕路一邊聊著在緬甸的旅程，而最讓我目瞪口呆的是，他沒有僱用嚮導，只是跟著MAPS.ME的導航，就獨自從茵萊湖徒步到格勞，真是一位奇人。

「遊覽東南亞後，我會回尼泊爾探親，
到時我們或許還可以一起徒步呢。」

「這提議不錯啊！那麼在尼泊爾再見。」

不消十分鐘，我們就從旅舍走到仰光機場，交換了聯絡方法後，就各自走向登機的櫃枱，繼續下一趟的旅程。

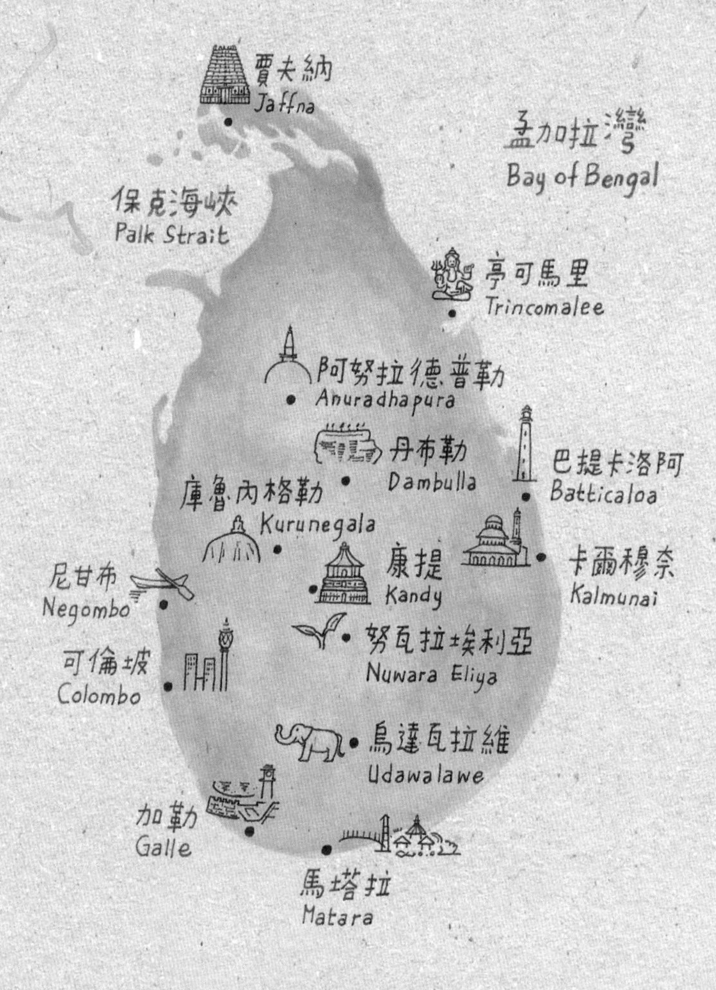

* 本章節使用之盧比為斯里蘭卡盧比（Sri Lankan rupee）

CHAPTER II.

你好！斯里蘭卡

阿爸，你很想去斯里蘭卡嗎？

她們邀請我嘛。

（「她們」指兩個女兒）

你這個「玻璃肚」去到一定會拉肚子的。

我會隨身帶備平安藥的了。

兒子

家父

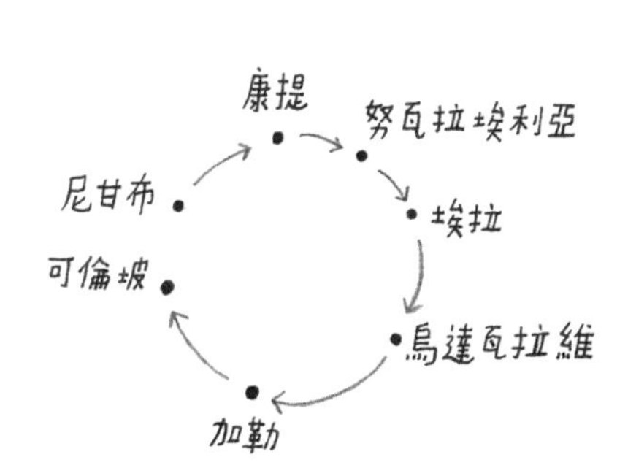

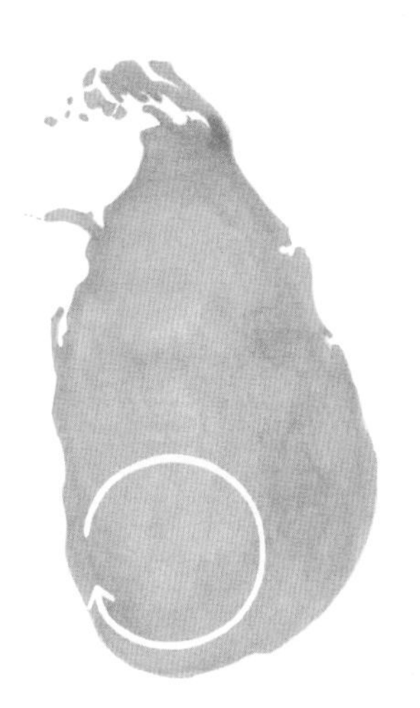

與家人一起小環島遊

出遊意志堅定的家父，跟著姐姐從香港出發，
在機場與我會合後，我們父女三人就結伴同遊斯里蘭卡。

對動物友善的國家

出發前，我對斯里蘭卡的印象，
只停留在享譽國際的錫蘭紅茶。
在島上轉了四分一個小圈後，我深深感受到，
斯里蘭卡是一個對動物友善的國家。

記得剛到坲康提（Kandy）的民宿時，才知道我們仨可以獨享整棟三層高的房子。屋主貼心地一一介紹屋內設施後，臨離開前竟叮囑我們：「睡覺前謹記要鎖好陽台的趟門，不然早上就可能有猴子竄進來搗亂了。」翌日早上，猴子竟真的在陽台上自由地爬來爬去；沒想到在第二大城市的市中心，野生動物也近在咫尺。

在這裡，不只是野生動物大行其道，就連人類的好朋友也很有個性。眼見農夫車快要駛過來了，狗仍然動也不動地躺在馬路上，直到車輛響號後才從容離開，看來這裡的狗隻完全沒有「馬路如虎口」的概念。

在這裡，特別是駛過國家公園又或是高速公路時，常常會看到一些非常醒目的「動物出沒注意」交通標誌，提醒司機要留心隨時隨地閃出公路上的孔雀或大象等野生動物，以免釀成意外。

斯里蘭卡朋友理所當然地説道：「因為宗教信仰的關係，我們不會胡亂殺生。」他還向我分享，曾有一位司機在馬路上突然煞停了車，久久不離開，擋住了他和後方長長的車龍前進；最後發現原來司機想先讓眼前的一條蛇安全地橫過馬路後，才開車離去。

斯里蘭卡真是一個對動物友善、與大自然共存的國家。

對動物友善的本地人

「嗨～篤篤！篤篤！300盧比……」
「你好，女士。我是一位導遊，我叫……」

從康提火車站沿路走，經過熙來攘往的中央市場，除了要打醒十二分精神橫過馬路外，還要應付纏人的「篤篤」司機和自稱導遊的人士搭訕。但在這芸芸人海中，也有單純向旅客表示歡迎的當地人，從容地説了一句「很高興認識你，祝你在斯里蘭卡有個愉快的旅程」就離開了。

走到市中心的中心── 佛牙寺（Sri Dalada Maligawa / Temple of the Sacred Tooth Relic），周邊的環境頓時散發出一種與別不同的氣息，是因為佛寺給予人安寧的能量，抑或是托旁邊的康提湖（Kandy Lake）的福呢？

受山巒包圍、清澈恬靜的康提湖，是我們回家的必經之地，亦是我在康提最喜歡的地方。沿著湖畔在樹蔭下慢步，不時會遇到前來拜佛的教徒、剛下課回家的中小學生、在湖邊悠然自得的鴨子和在樹上歌唱的雀鳥；這裡像極一個生活氣息非常濃厚的動植物公園。

番鴨就在我們的身旁。

康提湖的面積一點也不小，要花一小時才能環湖一周。而我們的住宿就在湖的另一端，所以常常也會在這裡邊走邊看邊休息，才剛坐在石櫈上不久，旁邊的老人突然向我們說：「看！」

看！

哇～

我們順著他的手勢望去，竟然看到一隻雀鳥在樹上進食的珍貴時刻，在我們仍沉醉在那個「國家地理雜誌」的畫面時，老人又指向另一個方向說：「看，巨蜥在游泳。」在人來人往的人工湖裡，巨蜥的出現原來是這麼平常不過的事，看來會大驚小怪的大概就只有我和姐姐了吧？

要不是老人的提醒，我們一定會錯過了那些有趣的時刻。這位會簡單英語的老人，原來就住在離市中心5公里外的社區，今天是專程來康提湖觀鳥；這位自然愛好者不只是熱愛動物而已，而且對只有一面之緣的我們也很友善。

地道的人氣餐廳

習慣獨樂樂的我，偶爾也會與家人眾樂樂去旅行。此時，讓家人吃得好、住得好就成了旅程的首要任務。我會盡一切所能摒除任何「中伏」的可能性，否則將被家父列入「家庭旅行黑歷史名冊」中，從此永不超生。

「斯里蘭卡有很多美食，只是不知道是否合你們口味……」屋主對康提的各個好去處都能娓娓道來，但當問到推薦的餐廳時卻非常保守。能夠得到屋主垂青的「The Garden Cafe」，位於康提湖東面，是一間深受當地人和旅客喜愛的地道人氣餐廳。

THE GARDEN CAFE（已結業）
9 Sangaraja Mawatha, Kandy, Sri Lanka
+94 812 220 355

咖喱、烤餅（rotti）和印度香飯（biryani）……看著餐廳的菜單，不難想像當地的飲食文化深受印度的影響，但是斯里蘭卡又怎會沒有自家的拿手招牌菜呢？以下幾款甚有特色的菜色，都能在The Garden Cafe嚐得到：

炒餅（kottu）

炒餅是一款把烤餅、洋蔥、紅蘿蔔、生菜、雞蛋及肉類等食材灑上香料，用鐵片刀在鐵板上切碎快炒的小吃。炒的過程還會伴隨著「啪噹啪噹」的巨響，是一道聲色味俱全的地道菜色。

咖喱飯（rice & curry）

咖喱飯是斯里蘭卡人每天不可或缺的主食，與印度的塔利（thali）有點相似，可依照個人的喜好選擇蔬菜、雞肉或魚肉等咖喱作主菜，再配上各款配菜。而對當地人來說，用右手均勻地抓拌所有餸菜來吃，才是絕頂的美味。

延伸閱讀：〈齊來用手吃斯里蘭卡菜〉，第140頁

木蘋果汁（wood apple juice）

除了黃金椰子外，木蘋果也是斯里蘭卡的特產，別被它那嘔吐物般的外觀嚇怕，加入了適量糖分的木蘋果汁酸酸甜甜，而且有豐富的維他命C，有助腸胃消化，非常值得挑戰呢！

水牛凝乳配糖漿（curd and treacle）

用水牛奶製成的凝乳，脂肪含量比牛奶低，配上由椰子花熬成的糖漿，是當地非常美味可口又健康的傳統甜品。

來斯里蘭卡旅遊前，我和姐姐曾到印度短遊兩星期，對於南亞料理算是駕輕就熟。雖然我倆一致認為印度咖喱比斯里蘭卡咖喱好吃，但是這裡的椰香烤餅都很有水準，再配一杯鮮榨果汁就非常滿足了。

至於一向鍾情住家飯的家父，對食物的要求特別高，可是這裡的咖喱飯和炒餅等菜色都遠遠超越了他的舒適圈，縱然我們已為他點了一碟普通不過的炒飯，但仍然無補於事。

幸而，家父一向能屈能伸，所以他還是會顧全大局，以填飽肚子的大原則繼續旅程。

「這裡的米飯很硬⋯⋯」

駛在茶園處處的山路上

斯里蘭卡的劃位火車票真是一票難求，更何況是被譽為「最美的高山茶園鐵道火車」的康提至埃拉（Ella）段。

為免有家父在火車廂內罰站4小時的潛在風險，權衡之下，我們最後請屋主代為安排包車到海拔最高的產茶區——努瓦拉埃利亞（Nuwara Eliya）。

包車旅遊，向來不在我的選項之列，這次難得的機會，讓我們這班包車初哥明白到，選擇一位合適的司機是多麼的重要啊！

出發沒多久，司機已自作主張地以參觀博物館為名，載我們到賣珠寶、絲綢和木雕等的店舖逛逛。不過當我們禮貌地回絕後也可略過，所以就不以為意了。

直至司機突然駛到一名陌生男子旁邊停下來，然後向我說：「由現在開始，你可以坐在後座嗎？」在我還未搞懂這突如其來的狀況時，車外的男子已準備打開車門，霸王硬上弓。司機看著我那副不解的面孔才解釋，這輛車將由他的同事（那位陌生男子）駛回康提。

司機事先完全沒有徵求我們的同意，便要求我們父女三人一同擠進這輛小私家車的後座數小時，我的心中不禁懊惱著：「這不是我們的包車嗎？」雖然，那位同事最終沒有強行上車，但是我們對司機的印象分已減半了。

在斯里蘭卡，仍然以人手採摘茶葉。

駛在茶園處處的山路上，不時會看到一群群茶園工人，頭箍著茶袋辛勞工作的身影。就在我們下車處不遠，剛好有一位採茶女士，對於我們的出現顯得異常興奮，還主動指著我們的相機説：「影我！影我！」原來，這一切都是為了從我們的身上索取一些小費。

「這裡的採茶工人大部分都泰米爾人（Tamils），她們每日的收入不高*，所以採茶時向旅客索取拍攝費，對她們來説是非常可觀的收入。不過我們都不喜歡這樣的行為，因為會影響旅客對斯里蘭卡人的印象。」這番話從司機的口中說出來雖然沒甚麼説服力，但是我卻默默記著了「泰米爾人」這個名稱 。

延伸閱讀：〈簡易辨認斯里蘭卡人〉，第142頁

* 採茶工人一天最少要採摘18公斤茶葉，才可獲得約750盧比（約港幣33.8元）
（參考2018年10月的匯率，100斯里蘭卡盧比約等於港幣4.5元）

作為無茶不歡的家族，遠道來到斯里蘭卡的高山產茶區，又怎能不順道參觀茶廠呢？於是，司機就把我們載到一間名叫「Storefield Tea Factory」的小茶廠。

甫下車，穿著紗麗（saree）的職員已經出來迎接，帶我們穿過幾層的茶樹，來到茶廠參觀。

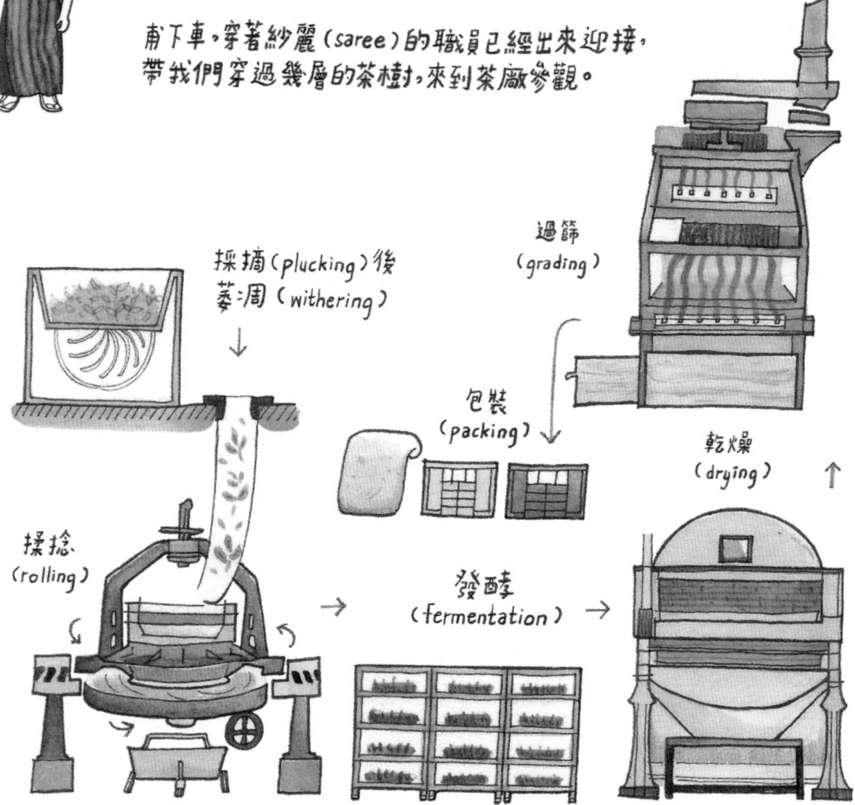

整個製茶的過程，都一一向我們仔細介紹。

印象最深的是，將新鮮採摘的茶葉送到茶廠的上層通宵萎凋（把茶葉的含水量降至50%，以濃縮茶葉的味道）後，就會從上層的洞口直接丟到下層的揉捻機上，真是聰明又省時的設計！

經過一場吊胃口的導覽，我們已急不及待要嚐嚐傳説中的錫蘭茶！相比起大吉嶺紅茶（Darjeeling tea），錫蘭紅茶的味道卻有種莫名的熟悉感，大概是我們的味蕾早已被用錫蘭茶沖泡的港式奶茶訓練有素吧？正當我們準備來一場大血拼時，才發現這裡的茶葉定價很高，遠遠超出了我們的預算，所以只好無聲地退場……

在芸芸茶葉當中，由茶樹頂端未全開的幼小嫩芽製成的金針白茶(Golden Tips tea)與銀針白茶(Silver Tips tea)，產量非常稀少，而且用全人手揉捻和自然乾燥，是斯里蘭卡最珍貴的茶葉。

努瓦拉埃利亞的民宿主人Asela非常詫異，我們從康提包車來的途中，竟然沒有帶上半包茶葉？！「你們想買茶葉還是參觀茶廠呢？」再三確認狀況後，他就與我們來到了斯里蘭卡歷史悠久的大茶廠「Damro Labookellie Tea Centre」買茶葉。

茶廠的前身是1841年開設的「Mackwoods」，轉手後換湯不換藥，茶葉的品質仍然有信心保證。作為茶廠的老大哥，看來也不需把心思放在免費導覽作招徠。雖然導覽的內容都很簡短，但是職員會用中文介紹製茶的過程，這次家父不用女兒翻譯也能聽得懂了，可想而知，華人在這裡是多麼強大的顧客群啊。

導覽後，職員為我們送上一大壺錫蘭紅茶免費品嚐，再配上價錢平易近人的朱古力招牌蛋糕，真是絕配！喝一口錫蘭紅茶，嚼一口蛋糕，看著眼前的茶園風光，真是一個享受下午茶時光的好地方（旅行團蜂擁而至時除外）。離開前，職員還把Asela誤認成導遊，送了他一盒茶葉回禮，哈哈！

茶廠的對面就是一片整齊排列的天然茶樹背景板，天氣好時還可以走進茶園內遊遊啊。

DAMRO LABOOKELLIE TEA CENTRE
Labookellie Estate, Labukellie, Sri Lanka
+94 77 3273 747
http://www.facebook.com/DamroLabookellieTeaLounge

英國人的閒情逸致

1894
努瓦拉埃利亞郵局 Nuwara Eliya Post Office

這幢紅磚瓦頂的可愛房子，原來已經是位年過百歲的老人，是斯里蘭卡最古老的郵局之一。郵局早期只處理英國殖民地的書信往來，現在一場來到，何不趁機坐在滿有歷史的木製桌椅上，為家人和朋友寫上一張明信片呢？家父也應我們的邀請半推半就地提筆，寫上了「開心，爸」三個字。

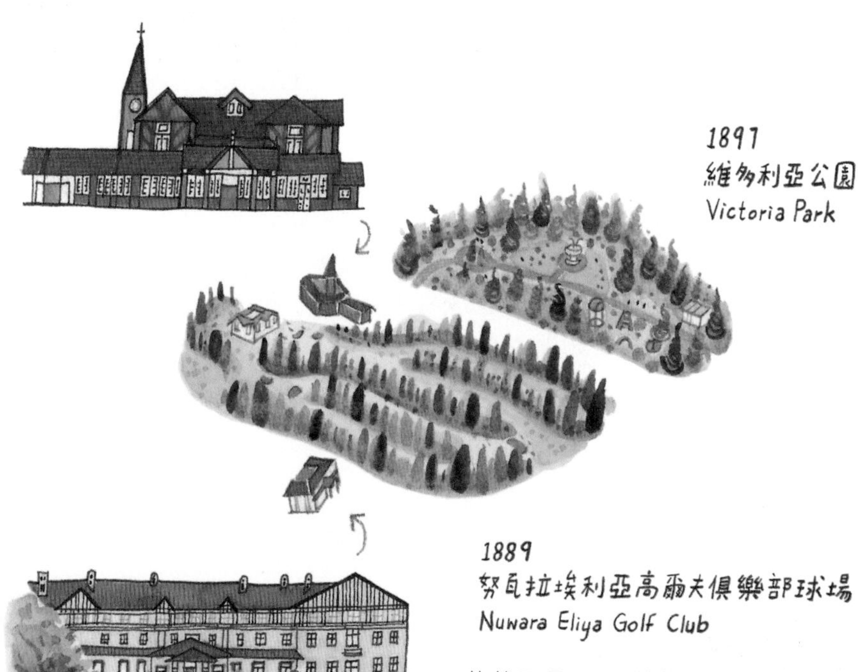

若然不是Asela曾提及這個歷史悠久的高爾夫球場，路過的我們一定會誤以為這只是一片樹林而已。從柵欄外往內看，在茂密的大樹之間，偷看到場內的人拖著高爾夫球袋轉移陣地時，有種平行時空的感覺。

https://www.nuwaraeliyagolfclub.com/

1828 The Grand Hotel

衝著高山產茶區的名聲，我們無意間來到了海拔最高的城市——努瓦拉埃利亞。原來英國人在殖民時期（1815-1948）不只把茶樹移植到這裡來，還把氣候宜人的努瓦拉埃利亞打造成英式的避暑山莊，一解思鄉之情。

「你們可以在前總督官邸吃個下午茶，到公園、高爾夫球場走走，在賽馬場騎馬，感受一下當年英國人在這裡生活的閒情逸致。」Asela提議說。

經歷世紀人事大翻新後，當年的殖民建築和設施竟然完好保留至今，從前那些只有英國人才能獨享的專利，時至今日，已經成為了斯里蘭卡人生活的一部分。

1873
Gregory Lake / Gregory Park

1875
努瓦拉埃利亞賽馬場
Nuwara Eliya Race Course Ground

在殖民時期，由英國人引入的賽馬比賽，是當時中上階層盛裝出席的一大盛事。但在我們到訪的下雨天，沒有賽事的賽馬場卻顯得分外冷清，我不禁好奇：「這裡何時才會舉行賽事呢？」與香港每星期兩次的賭博賽事不同，這裡的傳統賽馬暨時裝展只能在三月和四月（斯里蘭卡新年）才能一睹風采。

https://www.royalturfclub.com

1828 The Grand Hotel

起初只有一層高的總督官邸，在時間流逝的百年之間，經歷了數次轉手，逐步擴建成現時樓高三層的酒店，過往曾接待過不少貴族和名人。

聽取了Asela的提議後，旅行時只愛吃本地菜的我也一反常態，與家人一起來到這棟前總督官邸，坐在半露天的「tea lounge」享用一客下午茶的悠閒時光。用餐後，還可以順道參觀酒店內的公共空間和悉心打理的花園。

不過最讓我惋惜的是，餐廳內的客人都以旅客為主，一客下午茶價值1,500盧比（約港幣67.5元），對於我們來說，是物超所值的用餐體驗，但是對於當地人來說，就是他們一整天、甚至兩天辛勞工作的工資。

THE GRAND HOTEL
Grand Hotel Road, Nuwara Eliya, Sri Lanka
+94 52 2222881-7
http://thegrandhotelnuwaraeliya.com

1897 維多利亞公園 Victoria Park

被百年老樹包圍著的庭園，種滿了各式各樣的花卉，途經典雅的噴水池、穿過小橋流水，可坐在草地上、坐在涼亭內、坐在大樹下休息。在人來人往的市中心，維多利亞公園成為了當地人遠離繁囂的綠洲，也是觀鳥者的天堂。

公園的另一端，還有溫室、兒童遊樂場和小火車！難怪下著毛毛細雨，也無阻一群中、小學生在園內參觀和遊玩。

入場費
本地人：100盧比（約港幣4.5元）
外國旅客：300盧比（約港幣13.5元）

1873 Gregory Lake / Gregory Park

以往只是一片泥塘的Gregory Lake，英國人將它改建成水庫後，一直以水力發電供應市內及周邊地區的電力，而且他們還物盡其用，在湖上進行各種水上活動。在這裡，可以租船遊湖、在湖邊騎馬、在公園內野餐，真是老少咸宜的周末好去處。

湖的另一端，小山丘上全都是一棟棟的別墅，從那邊欣賞湖光山色，一定美極了。

入場費
本地人：20盧比（約港幣0.9元）
外國旅客：200盧比（約港幣9元）

當年，英國人來到努瓦拉埃利亞，看來工作都是其次，度假才是正經事吧？

誤闖婚照的拍攝場地

斯里蘭卡的10月，午後時常會下著滂沱大雨，為了把握早上黃金出遊的數小時，我們都調節了生理時鐘，每天都早睡早起早出門。清晨的雲霧還未散去，我們已沿著山路開始走上Single Tree Temple，聽說不用登上山頂，從佛寺遠眺，也能飽覽努瓦拉埃利亞市及附近山脈的全景。

這段上坡路，不僅是登山者的徒步之旅，也是當地人每天出門勞動的必經之路。先是有位到市中心上班的婦女迎面而來，再來是帶著農具也能輕輕鬆鬆超越我們的茶園工人。我回望著那些走進茶園裡去的背影時，才發覺身後的民宿已經在不知不覺間縮小成小矮人般，被一片又一片的茶園重重包圍著。

慢慢地踱步半小時，我們終於來到了Single Tree Temple。這時，佛寺外的空地已經停泊了兩輛私家車，我心想：「一大清早已經有人前來拜佛，這間佛寺一定是非常出名了。」他們一行13人，原來並不是來拜佛，而是專程來拍攝婚照呢！

昨天才剛看過Asela與太太穿著斯里蘭卡傳統禮服的婚照，沒想到，今天我們就能看到實物了！

穿著傳統禮服的準新郎，一點也沒有被金光閃閃明豔照人的準新娘比下去。頭戴天鵝絨帽子、身穿加寬了的刺繡夾克，令準新郎看起來更魁梧健壯，氣派十足。

攝影團隊無視了身後的努瓦拉埃利亞市全景，卻在工程進行中的佛寺外，以白色佛塔作背景，把準新人在佛像面前立下山盟海誓的畫面，作為一生人一次的婚照——宗教信仰在他們心中看來有著超然的地位。

對於我們這些不速之客的到來，他們並沒有半點微言，不僅在緊湊的行程中與我們閒聊一番，還把我們的闖入，作為婚照的幕後花絮。

兄弟姐妹和花童的服飾搭配非常講究。

從佛寺遠眺，還可以看到Gregory Lake呢！

原來，兩位準新人和我們一樣，都是為了趕在下雨前拍出好照片，所以一大清早就來到這裡。我們才剛下山沒多久，他們也風馳電掣地前往下一個拍攝地點了。

早起的鳥兒果然是有福的。

有驚無險的鐵道行

要觀賞到一些聲名大噪的自然景觀，例如霍頓平原國家公園（Horton Plains National Park）和亞當峰（Adam's Peak，又名聖足山），不僅要凌晨出發，而且要在雨季濕滑的泥路上徒步數小時，對家父來說太吃力了，所以我們決定到埃拉隨便走動走動就好了。

小亞當峰（Little Adam's Peak）和九拱橋（Nine Arches Bridge）都是埃拉熱門的入門景點，但為安全起見，出發前我們還是先向民宿主人打聽一下情報。

「沒問題！那邊的路段，老人家也能走完全程的。」

吃過民宿主人派的「定心丸」後，我們便從小亞當峰的起點徒步上山，先是經過兩旁綿綿的茶園，然後在中途還遇上一群採茶工人在路邊集合準備工作。這趟徒步之旅，看似重覆著Single Tree Hill般的輕鬆，直至登頂的尾段，卻迎來了家父的第一個小挑戰。

看著眼前無盡的山路變得陡峭易滑，好奇心偏低的家父礙於腳有舊患，便嚷著要在原地等我們回程便下山離開，說甚麼都不願再走，最後幸得下山的旅客相告很快就到達終點，他便硬著頭皮登上山頂。

從山頂上遠望，可清楚看到對面的Ella Rock，而且還能坐擁延綿不絕的河谷山景。

回到小亞當峰的起點後，我們吃過早餐補充體力，便出發到下一站──九拱橋。可是，我們是沿著路牌指示仍會走錯方向的路痴，最終要請當地人幫忙帶路，穿過一條長長的爛泥路捷徑來解圍。「托女兒的福」，家父又迎來了第二個不必要的小挑戰。

佇立在山頂上的建築物就只有兩座佛龕。

走過無數的冤枉路，兜兜轉轉，我們終於能夠俯瞰九拱橋的全景。

只使用水泥和石頭而建成的九拱橋，自1921年就默默地佇立在埃拉和Demodara火車站之間的叢林裡，但要近距離一睹這座上世紀的鐵路建築之前，必須經過一條崎嶇狹窄得只能容納一人通過的下坡路，而且每級的落差都很大。相較一般人，家父更要扎馬步一級一級慢慢地走下去，真是一步一驚心的終極大挑戰。回程時，我們跟著本地旅客，沿著火車路軌走回埃拉火車站，萬萬想不到，這才是最安全和輕鬆遊走九拱橋的方法。

這條下坡路非常陡峭難走，小朋友哭著要爸爸抱。

翌日，家父的雙腿因為過於勞累，開始使不上勁——不是說好只是隨便走走的嗎？真是不孝的女兒啊。

「我要把在這裡見過的所有動物都記在筆記簿裡。」平時只會把日記當帳簿用的姐姐，今回在斯里蘭卡卻有了一個書寫的動力。

在埃拉這個山林小鎮裡，晚上時分蝙蝠會不斷進出我們的開放式飯廳，捕食撲燈的飛蛾；關上燈後，周圍會發出螢火蟲一閃一閃的微光；夜闌人靜，有野貓的叫聲陪伴著我們入睡。在翌日，民宿主人告訴我們那不是野貓，而是孔、雀、的、叫、聲！

過了一個晚上，我們已與三種動物近距離地相會了。

在早上退房前，還有一隻布穀鳥停在陽台外的椅子上，隔著玻璃仍能清楚聽到牠「布穀布穀！布穀布穀！」地叫，久久不離開。那時我才意識到，是我們這些外來者，闖進了牠們的森林之家。

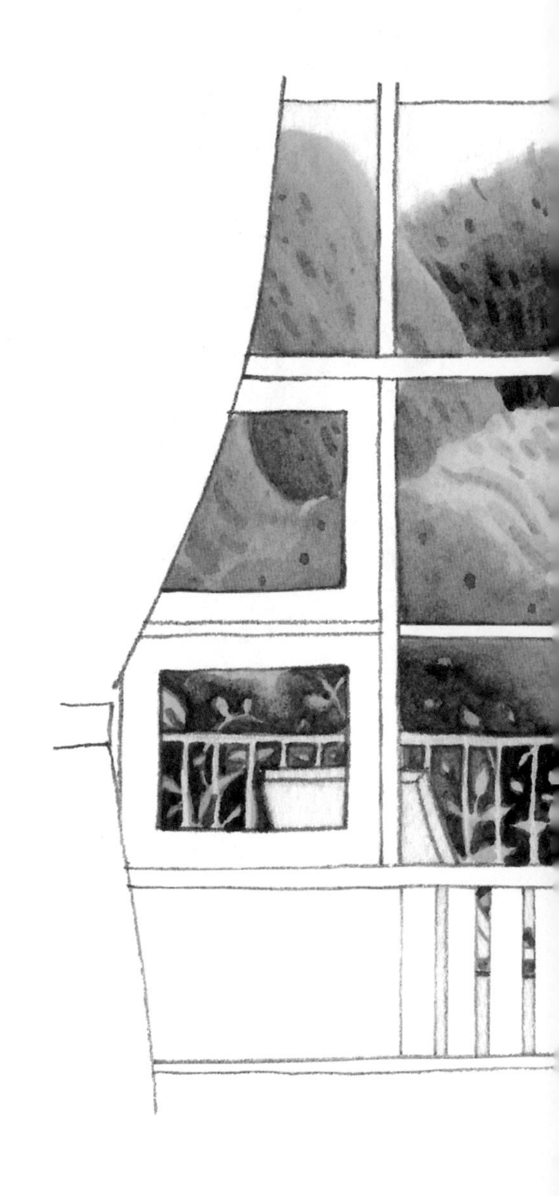

14天的動物圖鑑

我與家人結伴同遊的14天裡，並沒有刻意捕捉動物的足跡，反而是牠們不怕生亦不吝嗇地出現在我們的面前。當然，這也有賴家父驚人的觀察力啊！

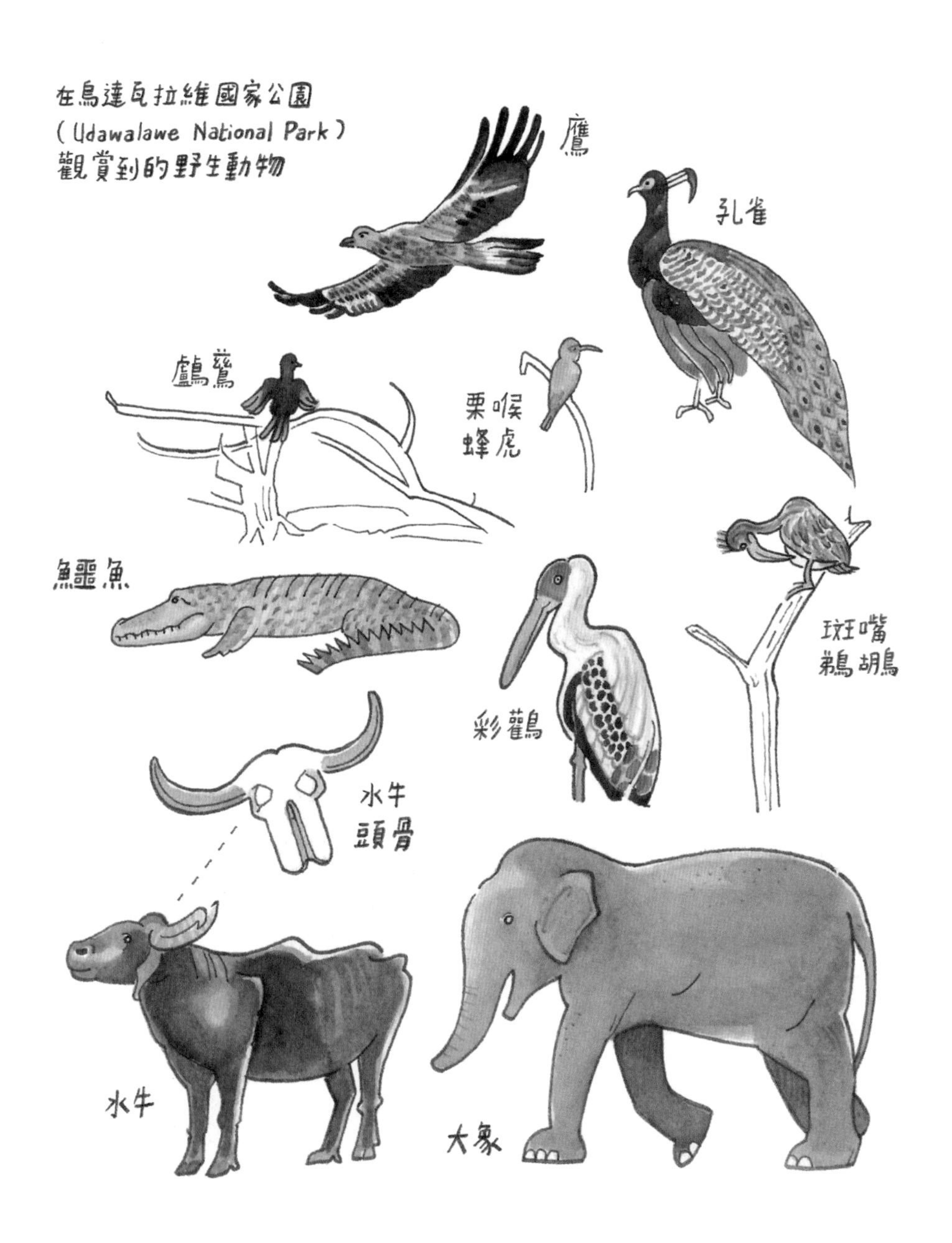

「今天見到13隻大象、一群水牛、一隻鱷魚……收穫豐富。」一向不苟言笑的家父，在國家公園內看到不同的野生動物後，展現出那滿足而燦爛的笑容，作為女兒的我們都感到很欣慰。離開前他還主動要求坐在吉普車上拍照留念，我們真是來對了地方。斯里蘭卡真是一個動物的樂園。

一瞬間的萬人迷

「你好。」迎面而來的當地人，不時會向我們這些陌生面孔打招呼。

「你好。」有次，我們在路上突然聽到一聲問好，放眼望去，卻四下無人。正疑惑聲音從哪裡來時，原來是一位在外牆工作的建築工人，在二樓也不放過向我們打招呼的機會！

「你好！！！」最誇張的一次，是在烏達瓦拉維國家公園的鎮上。我們剛剛吃過午飯，正準備走路回家之際，有一班小學生突然從學校衝出來，還向我們這個方向不斷揮手大叫：「你好！你好！你好！！！」我先回頭確認後方沒人，才敢相信他們真的是向我們打招呼。這個情景像極野生捕獲了非常受歡迎的萬人迷般，但最神奇的是，故事的主人翁竟然是我們！

斯里蘭卡人，實在太可愛了。

「要不是拉肚子，我就會乘火車的了。」

家父滿足的心情沒有持續多久，離開國家公園後，他的「玻璃肚」就開始不太對勁了，還打亂了往後的行程；先是錯過被譽為宮崎駿電影《千與千尋》的現實版海上火車（加勒〔Galle〕至可倫坡〔Colombo〕一段），再來是眼巴巴看著我們吃海鮮大餐自己卻只能吃炒飯，回家前更要在可倫坡張羅消毒藥水，真是可憐。

不過，線人最後向我匯報，拉肚子的家父在飛機上竟靜悄悄地吃了冰淇淋！

路上隨機的人文風景

與家人結伴同遊，
難免會少了與當地人閒聊的機會，
但是亦無阻我在路上觀察的好奇心。

無所不在的佛像

沒有宗教信仰的我，對佛像有一個莫名其妙的刻板印象。祂與在街道上偶爾看到的土地公等民間信仰的神像不同，是一個必須安放在莊嚴的佛寺內，受佛教徒誠心供奉的塑像。來到斯里蘭卡後，我對佛像的認知，卻有了一個全新的詮釋。

在這裡，山頂上有佛像；火車站裡有佛像；十字路口有佛像；街口轉角有佛像；商店裡有佛像；自家裡有佛像；巴士內有佛像；篤篤車內有佛像，那些無所不在的佛像，好像在擔心別人不知道斯里蘭卡是一個佛教國家。

雖說同是佛教國家的緬甸，在不少公眾場所（特別是在佛陀悟道的樹底下）也能看到佛像的蹤影，不過緬甸人大多善用手邊的資源，用木板、鐵枝和鋁條等物料把佛像供奉在隨心製作的民間佛龕內；而斯里蘭卡人則會用雲石、瓦片、水泥、玻璃和油漆等物料，刻意為街道上的佛像設置大型的簷蓬或瓦頂屋，遮風擋雨之餘亦不失莊嚴。

在十字路口上的佛像

在火車站月台旁的佛像

「那些設置在十字路口、街口轉角的佛像，有的是政府建的，也有的是佛教徒捐贈的，主要是祈求佛陀保佑司機和乘客路上安全。而且當司機在路上看到佛像時，也會刻意地減慢速度向佛像拜拜，這樣也可以減少車輛超速，可謂相得益彰。」聽著當地人對佛像設置在街道上的原因，讓我嘖嘖稱奇。

我們卻真的從埃拉到烏達瓦拉維的包車司機身上，驗證了那位當地人的說法。才剛起程不久，司機在一個轉彎位置就停了下來，向我們說了聲「請等一等」，便用小快步走到路邊一座佛像面前拜拜，離開前還添了一些香油錢，願佛陀保佑他今天的工作一切順利，出入平安。

在街口轉角的佛像

拜佛穿搭的盛況

在日常生活中，斯里蘭卡人時常也會穿著色彩鮮艷的服飾，好像每天也要上演一場民間時裝秀般花俏。不過，唯獨是有一個特別的場合，讓當地人專誠換上整潔的白衣隆重其事地出席，那就是到佛寺拜佛了。

第一次看到這個鋪天蓋地的雪白畫面，是在康提的佛牙寺門前，那時不論男女老少，他們大多穿著白色的襯衫、褲子或裙子，甚至是紗麗，因為在當地人的心目中，白色是純潔的象徵，以表莊重虔誠。

才剛走進佛牙寺不久，我就發現那些穿著白衣、手捧著一盤蓮花的佛教徒，恰恰與門廊上的人像壁畫一模一樣。他們緩步走進殿內，一邊把蓮花獻給途經的佛像，一邊沿樓梯走上二樓的佛牙廳，再把手上整盤的蓮花都供奉予藏著佛牙的寶塔前。拜佛後，他們都沒有趕著離開，有的會安坐在木地板上繼續念經，有的會在佛寺外的庭園供油燈、在大殿下休息乘涼。

在現今社會，不論是佛教也好、基督教也好，宗教好像都成為了老一輩的信仰，年輕人大多已不把祂當一回事。

但是，在斯里蘭卡，小朋友、青年都會與父母、長輩一同前來拜佛，偶爾還會看到老師帶領一群學生前來。他們都不是因為在家中沒有人照顧，才不情願地跟著陪跑，而是和成年人一樣主動參與其中，把手上的蓮花供奉予佛陀拜拜。在斯里蘭卡，拜佛是一家人扶老攜幼出席的家庭聚會，而宗教信仰亦是從小培養的重要課題。

不論是男女老少，他們都穿著整潔的白衣前來拜佛。

各據一方的宗教社區

「斯里蘭卡不是一個佛教國家嗎？為何沿路上會有那麼多印度廟呢？」在茶園處處的山路上，坐在包車的前座，理應可看到更為廣闊的視野，而我卻被多座醒目的印度廟吸引著眼球。

「因為剛剛經過的村子，是一個以印度教為主的社區。雖然斯里蘭卡是一個佛教國家，不過也有不同的宗教散落在各個地區上，例如在北部，那邊的佛教徒可是少數呢。」信奉基督教的包車司機得意地答道。

佛教（佔約70.2%）

早於公元前，佛教已從印度傳入斯里蘭卡，而且還受當時的政權所推崇而廣泛傳播，歷史源遠流長。在殖民時期，曾被長期打壓及破壞而衰落，及後得同是小乘佛教的緬甸及泰國高僧前來講佛復興才得以延續。

主要分布：中部及南部

代表城市：康提、阿努拉德普勒

基督教（佔約7.4%）

由16世紀開始，斯里蘭卡先後被葡萄牙、荷蘭和英國在不同的時期入侵，他們先登陸及接管有利貿易的沿海地區，例如可倫坡等，基督教的傳教士也因而陸續隨團來到斯里蘭卡傳教。

主要分布：西北部

代表城市：尼甘布（Negombo）

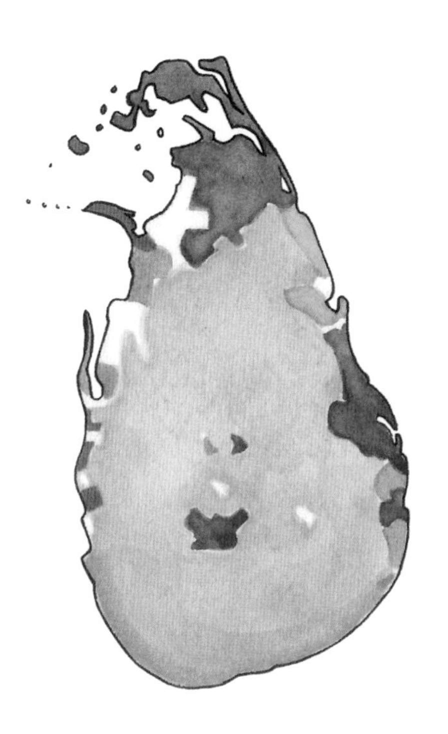

印度教(佔約12.6%)

斯里蘭卡的印度教徒絕大部分都是泰米爾人，他們主要是從印度南部大量移居到斯里蘭卡的東北部。亦有另一批是在殖民時期，由英國人引入高山地區進行採茶工作至現在。

主要分布：北部、東部及高山地區

代表城市：賈夫納(Jaffna)

伊斯蘭教(佔約9.7%)

在印度洋上的貿易霸主阿拉伯人，早於公元8世紀已在斯里蘭卡經商，這些在沿海地區做貿易生意的穆斯林，過往曾經被葡萄牙人迫害，逃亡至東部地區。

主要分布：東部

代表城市：卡爾穆奈(Kalmunai)

數據來源：斯里蘭卡2012年人口普查

原來在這趟旅程中，我只涉獵了以佛教為主的經典路線。若然下次到訪其他地區後，會否需要把「無所不在的佛像」一篇改為「無所不在的印度教諸神」呢？

酒品專賣店與彩票亭

在琳琅滿目的連鎖超級市場裡，我和姐姐鼓起了勇氣，推開眼前破舊的玻璃門，戰戰兢兢地沿著一條漆黑得有點陰森的樓梯間往下走，據超市職員說，在那裡便可以買到啤酒。

才剛到了下一層，突然有一道強光透進來，原來我們已經離開了超市，來到大廈的後門，而旁邊便是一間安裝了通花鐵閘，只能從一道小窗口進行交易的酒品專賣店。

「麻煩你兩支斯里蘭卡啤酒，謝謝。」

先別說要選哪個品牌，單是要在這個恍如監獄的環境下買啤酒，已讓我們不期然地緊張起來。才剛從職員的手上接過兩支Lion Rock Beer，我們便似夢非夢地回到超級市場，與家父會合。

回過神來後，才驚覺那裡的本地啤酒一支只售160盧比（約港幣7.2元），難怪店舖前設有疏導人流的欄杆，看來入夜後一定是客似雲來了！後來發現，在斯里蘭卡的雜貨店和超級市場普遍都不能賣酒，而且領有酒牌的餐廳也不多，所以除了指定的酒店和酒吧外，當地人基本上只能到酒品專賣店買酒。

這些買酒的限制，對我們並沒有多大的影響，反而是對每餐都要飲一杯的外國遊客來說很不方便。有次我們在餐廳內，就看到當地導遊從外面遠道買來了一支啤酒，讓隔壁桌子的歐美旅客佐餐呢。

中小學生竟然也可在旁圍觀!?

這邊廂，當地人要為一支啤酒而大費周章；那邊廂，他們卻可以輕易地在市內各個不同的彩票銷售點買彩票。

在斯里蘭卡，彩票銷售點的數目猶如緬甸的檳榔攤販般，多如繁星。中央市場外的固定彩票亭、行人隧道內的彩票看板大叔、大街小巷裡的流動彩票單車等，這些散落在市內不同角落的彩票銷售形式，非常貼心地滿足當地人愛賭博的需要。

在中央市場外的彩票亭，客流量真的不容小覷。亭外時常擠滿了來碰運氣的人，男士也好，女士也好，都勢必要在眾多色彩繽紛的便條中，選購屬於自己的幸運彩票。 在這裡，我看到了當地人虔誠拜佛、善待生命以外另一個平凡的面向。

免費的教育制度及配套

經過幾星期密集式的交流，我發現在斯里蘭卡，無論是小朋友、甚至是老年人，普遍都能説上幾句簡單的英語。成年人和大學生的英語會話程度，相比起在學校以讀寫為主的我，更有過之而無不及。有次，一位朋友更向我表示：「你不用學僧伽羅語的，我們都聽得懂英文。」他簡單的一句話，讓我隱約察覺到，當地人對自己的英語能力都有一份自豪感。

這都要歸功於斯里蘭卡早於大半個世紀前，已經為學生提供一站式的免費教育，而且獨立後仍保留著英國的教育制度，除了僧伽羅語和泰米爾語外，也會以英語授課。時至今日，全國的成人識字率更超過90%，在南亞國家中位列榜首。

由幼稚園至大學的免費教育，又怎會只限於學費呢？制度還涵蓋了學生的校服、文具和課本，從前還提供免費午餐！怪不得，走在路上的學生，每人都穿著一身光鮮雪白的校服呢。

女學生都穿著統一的白色連身裙，而長髮女生都必須編辮子。

男學生的校服都非常容易辨認，小學生和初中生都穿著統一的藍色或白色短褲，而高中生則會穿著白色的長褲。

放學後，孩子都不用趕著回家做功課，他們有的留在湖畔與同學遊玩，有的在兒童遊樂場內毫無顧慮地嬉戲，你追我逐。

眼前這些和諧的畫面，讓我回想起曾到過的發展中國家，特別是才剛離開的緬甸，那些缺乏康樂設施的孩子，往往只能竄在馬路、街頭之間踢球、嬉戲，遇有風馳電掣的車輛駛過時，每每都讓人驚心動魄。

斯里蘭卡的孩子都非常幸福，不單止能夠接受免費教育、在安全的兒童遊樂場內嬉戲，還可以與同學一同參觀和拜訪無數的動植物公園和世界文化遺產。更重要的是，他們可以在一個與動物共存的大自然中探索和成長，這些都是在城市裡打著電動的孩子望塵莫及的廣闊視野。

用家不友善的交通系統

點到點的「鴨仔團」，一向不是我和家人的旅遊模式。喜歡邊走邊逛的家父，時常會和我們一起坐上各種公共交通出遊。可是在旅程的中後段，我們便改以包車來穿州過省，因為當地的公共交通，對長者來說太不友善了。

昂貴的便捷篤篤

在斯里蘭卡，最方便旅客出行的交通工具，莫過於是在大街小巷穿梭的「篤篤車」了，而且我們還能把三人的後座發揮得淋漓盡致。

篤篤車，簡單來說，是一輛沒有空調的出租車，它可以讓乘客不費吹灰之力，便能到達任何連地圖都也沒有標示清楚的地方；同樣地，它亦可以狡猾地把你載到渺無人煙之地，任人宰割。（忠告！避免選乘主動搭訕的篤篤車司機，特別是在酒店的門前。）

雖說旅客在外國出遊時被抬價、耍花招，不只是在斯里蘭卡才有，是全世界天天都在上演的戲碼，但當知道當地人只需100盧比車資便可到達的地方，我們卻需花最少300盧比時，心裡都總不是味兒。

在旅程的尾聲，我們在可倫坡曾坐上一輛跳錶的篤篤車，最終只需90盧比的佛心價便可回到旅舍，這算是為篤篤車的負面形象來一個平反吧。

篤篤車真是一個令人又愛又恨的交通工具啊。

除了依距離遠近來估算車資外，也可以用當地叫車app「PickMe」以合理的車資乘搭篤篤車了（只限部分城市）。

便宜的漂移巴士

斯里蘭卡的巴士是全國覆蓋率最高的公共交通工具，而且班次頻繁，是一個便宜又貼地的短途出行之選。

初到貴境時，我們單純地不想折返可倫坡轉車，父女三人便傻呼呼地坐上一輛由尼甘布開往康提的巴士，可是這裡的巴士並沒有市內和長途之分，劃一從印度買入的大巴，座位非常狹窄，坐起來有點吃力。

開往山城的路段迂迴曲折，本來已經左搖右擺的巴士，再加上司機的瘋狂漂移及急剎車下，在東南亞訓練有素的我，也差點要吐出來了，加上交通擠塞，我們最終忍耐了4個多小時才能到達康提。因為被這趟巴士體驗嚇怕了，我往後就只敢坐1小時以內的短途巴士。

斯里蘭卡的巴士，只有公營和私營之分。
紅色的為國營，白色的為私營，兩者的乘坐體驗沒有多大分別。

最便宜的動感火車

在斯里蘭卡的公共交通中，我最喜歡的便是火車了。雖然它的班次疏疏落落，但是比巴士舒適多了，轟隆轟隆緩慢地前行時，還可以欣賞到由低地到高山鐵道風景的變化。不過，大前提是，你要先找到一個座位。

斯里蘭卡的火車，分有一等、二等和三等級外，還細分了預留和非預留座位。預留座位的火車票在一個月前已經可以預購，但是卻不、接、受、網、上、預、購！要不是民宿主人Asela拜託在火車站工作的朋友幫忙買票，我們一定會錯過了一睹高山鐵道風景的機會。（不過，腳力好的壯年旅客在當天買非預留座位的二、三等票就可以了。）

在火車月台上，普遍都沒有電子顯示屏（Colombo Fort Station除外），也沒有英語的廣播，我就曾因為火車突然轉換月台而差點錯過了班車，所以非常建議預早到達火車站，詢問當地人確實的上車位置，特別是要搶位置的乘客。

要知道有些火車的班次非常疏落，一天就只有數班，遲來的當地人，有些會就這樣掛在火車車廂外。

在車廂內叫賣的小販，會把學生筆記用來包裹食物，真是物盡其用。

也有拖著一桶熱騰騰的粟米叫賣的小販。

愛坐在火車門、把腳拋出車外的本地旅客。

才剛抵達埃拉的九拱橋不久，火車就在橋上駛過了。

文具店（第146頁）
LH Chandrasekara
森林保護區
Udawatte Kele Sanctuary
舊皇宮
Old Royal Palace
（第151頁）
印刷店 Champa Store
中央市場
Central Market
Clock Tower
佛牙寺
Temple of the Sacred Tooth Relic（第124頁）
郵局
Post Office
（第153頁）
巴士站
Bus Terminal
火車站
Railway Station
Devon Restaurant
Kandy City Centre Shopping Complex
康提湖
Kandy Lake
（第94頁）
觀景台
Arthur's Seat Viewpoint
The Garden Cafe（第96頁）

獨自半閉關在康提

與家人過了一個溫馨的蜜月後，我便離開了炎酷的可倫坡，
再次回到溫度適中的康提，準備在這座山城專心繪畫小誌。

住進醫科大學生Imesh的家

到達康提之前，我專程拐了一個小彎到一個從未聽過的城市——庫魯內格勒，為的是與沙發主Imesh一家交流數天。起初，我也擔心會耽誤了繪畫小誌的時間，但還是被他殷切的游説和樂於助人的心所打動。「不用擔心，庫魯內格勒是中部的交通樞紐，只要一小時便可到達康提，而且我家裡有一本斯里蘭卡的百科全書，對你的創作或許會有幫助呢。」

那本百科全書最終雖未能派上用場，但是我卻從Imesh一家的身上，看到一個斯里蘭卡家庭待人真誠、友善的模範例子，還讓我找回與當地人純粹交流的久違感覺。

我與家人仍在環島遊時，Imesh已嚷著要我盡快前來，原來他所就讀的阿努拉德普勒大學湊巧在大罷工！平時只有周末才能回家一次的他，便趁著這個突如其來的「假期」，盡可能地接待最多的沙發客，希望自己能趕在突發開學前，為我的藝遊創作出一分力。

有了接待客人的天時地利之後，為確保讓我有一個舒適而寧靜的空間好好休息，Imesh爸爸更把洗手間的小型工程延後。抵埗後，Imesh把我的背包放進他姐姐的房間裡，便說道：「幸好你能提前來到，要不然，過幾天姐姐回家度假時，便沒有房間可睡了。」

「不用擔心，我睡在沙發上就可以了。」

「我知道，但是我們家不能接受客人睡在沙發上。」

Imesh一家自覺讓沙發客睡在姐姐的房間還是有所不便，所以他們正準備在二樓加建一間客房予沙發客入住，而被延後的洗手間小型工程，原來也是計劃的一部分。

他們那待人真誠、友善的態度，還伸延到戶外的小花園。園內有一棵粗壯的大樹，樹上裝有一個手工木架，方便他們每天定時定候把食物放在該處，分享給附近的動物來吃。在我入住的那天，便看到一隻烏鴉飛來開大餐，是日午餐是一顆大木瓜。

這麼有愛的家庭，讓我回想起在康提湖畔遇到的老人，他們對動物都非常友善呢。

齊來用手吃斯里蘭卡菜

翌日，我與Imesh在市中心逛逛時，剛好到了午飯時間，我便隨口問了一句：「你有甚麼推薦的餐廳嗎？」誰知，他卻回道：「我們現在會先回家吃午飯，稍後再出門繼續行程。」我不禁好奇：「你們平常都不會到餐廳吃飯嗎？」

「是的，因為沒有任何一間餐廳，能夠做出我爸媽的住家飯般美味。」

回到家後，貼心的媽媽已經預先做好午飯了，而且還為我這個外國人準備了餐具。餐桌上的咖喱飯，與餐廳預先擺盤的不同，會分別放在不同的碗內，可因應個人的喜好，自行搭配在碟上。

在斯里蘭卡，咖喱飯其實只是一個統稱，它可以由林林總總不同的菜式搭配而成，以下是Imesh家中幾款的家常小菜。

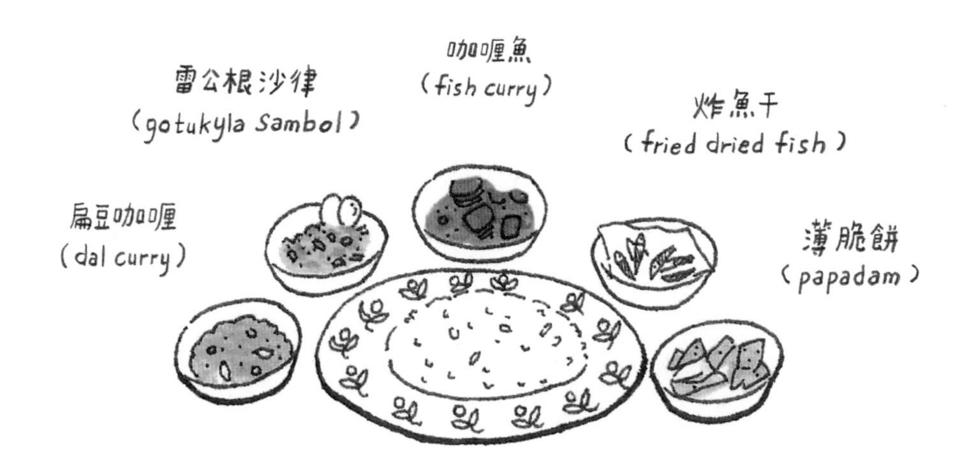

Imesh看著我用刀刀叉叉在碟上吃飯的狼狽樣子，便提議我試試用手吃斯里蘭卡菜：「其實用手吃咖喱飯才是最有風味的，因為只有用手才能把各種不同的咖喱汁完美地融合在一起。」

在印度旅行時，我曾跟著當地人用手撕開烤餅、沾上咖喱，然後大口大口地吃，都能駕馭自如。不過，當要用手把咖喱汁和米飯混合起來吃，那些醬汁附在手指上黏乎乎的感覺，卻讓我不敢恭維。這次因著Imesh善意的提議，我便放手一試好了。

沒想到，改用手吃飯後，它卻把我推到另一個狼狽的景況，因為在還沒把飯成功放進口裡前，米飯已經如下雨般散落在碟上，最後還要向Imesh請教用手吃斯里蘭卡菜的正確步驟：

1. 先把所需的餸菜平均分布在碟邊，也要把魚肉、雞肉、焙蛋等撕成一口的大小。
2. 然後把餸菜和咖喱汁逐少放在碟的中央，用右手把中央的餸菜混合起來。
3. 最後，把一口的分量放在手指上，用拇指輔助，輕輕把米飯推進嘴裡便可。

看著我嘗試用手吃飯的滋味，Imesh一家都顯得很高興，從此之後，媽媽便沒有再為我準備餐具了，而我好像與他們親近了一些。

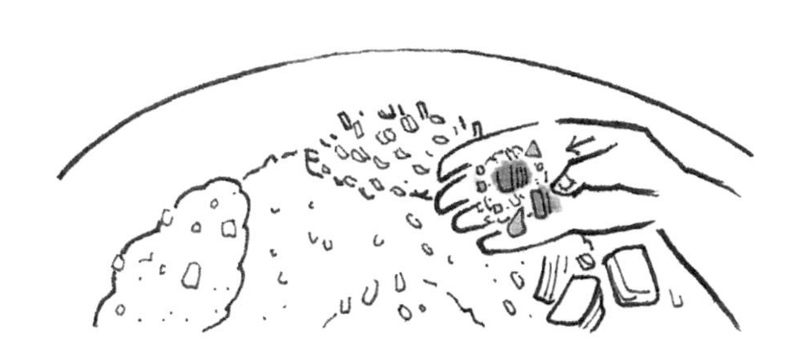

簡易辨認斯里蘭卡人

斯里蘭卡人究竟是怎麼樣的呢？初抵步時，我還未弄清楚那些陌生而模糊的南亞面孔，當地人卻時常不其然地以僧伽羅人或泰米爾人等一些更陌生的名稱來介紹自己。由那時起，這些新知的種族，讓我充滿了好奇心，還暗地裡在路上展開了辨認他們的小練習。

這天，幸得Imesh老師的指導，帶我走進市中心實地考察，一邊感受這個城市的脈搏，一邊教我如何從當地人的衣著細節中辨認出不同種族的斯里蘭卡人。

斯里蘭卡的三大種族*

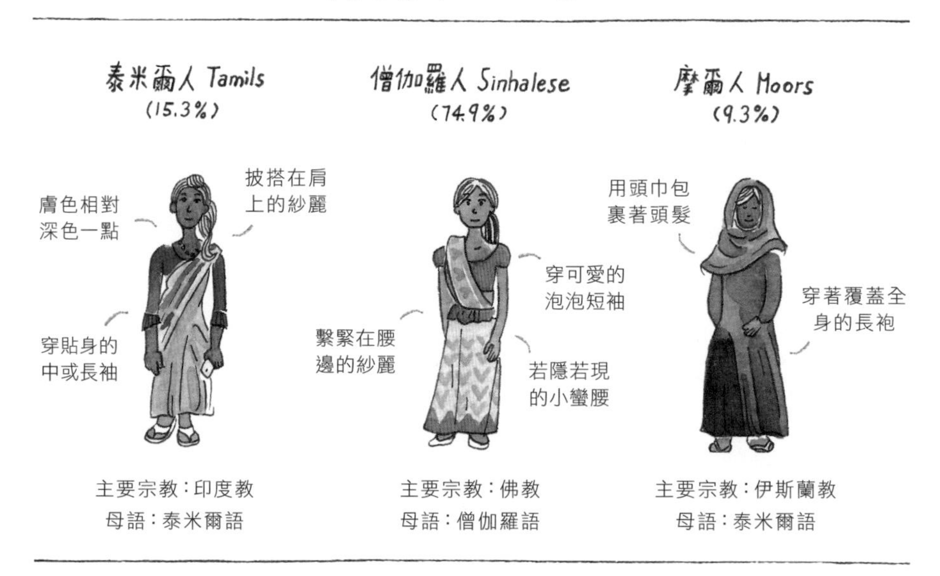

原來，斯里蘭卡和馬來西亞、新加坡一樣，都是一個多元種族的國家。因著不同種族各自的母語、文化背景、宗教信仰和風俗習慣，形成了豐富的人文風景。

* 數據來源：斯里蘭卡2012年人口普查

在過去的兩星期裡，我留意到當地人都有著不同的特徵，譬如是泰米爾人膚色相對深色，女士都把紗麗披搭在肩上，走起來非常輕盈；而僧伽羅人的紗麗（又名Osariya）則會繫在腰旁褶邊，時常不經意地露出性感的小蠻腰。Imesh補充説，因為泰米爾人的風俗相對保守，就連上衣也多是中或長的袖子，不過在全球化的影響之下，這些特色已沒有以往般鮮明了。

而斯里蘭卡的第三大種族——摩爾人，因為宗教信仰的關係，他們與其地國家的穆斯林無異，都是包著頭巾、穿著長袍，要不是Imesh提起，我完全沒有察覺到他們是不同的種族。

從當地人的衣著中，除了能辨認不同的種族外，Imesh還告訴了我更多完全沒有察覺到的有趣細節。

僧伽羅女士

在日常生活中，
常常會穿襯衫和裙子，
特別是中、老年的婦人。

在上班和出席重要場合時，
才會穿著紗麗。

僧伽羅男士　　摩爾男士

留有山羊鬚，上班時
會把恤衫攝進褲子裡。

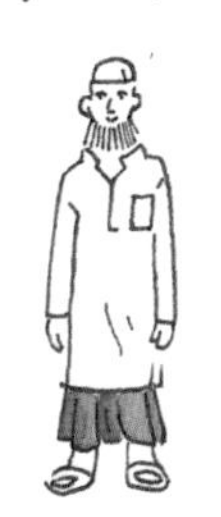

會把唇上的鬍子通通剃光，
下巴卻留著長長的鬚。

佇立在市中心的巨石Athugala Rock有一座坐佛點，在這裡可以一邊欣賞日落，一邊俯瞰市內的全景。

走在庫魯內格勒的大街小巷裡，沒有遊客的蹤影，只有補鞋的、賣彩票的、賣影碟的、修理電器的，都是當地人平實的日常風景。

帶著與Imesh共同發掘的瑣碎事，
我終於來到康提的一家民宿，準備閉關繪畫的日常。

我的房間位於民宿三樓，非常安靜；
窗外有綠油油的山景，適合放空眼睛；
房費相宜之餘，每天還有豐富的早餐；
讓我足不出戶也能有體力專心繪畫，
唯一的問題是，我才住了一晚，民宿主人便告訴我：
「由明天開始，妳的房間被一位老太太訂了一個月。」

就這樣，我便搬到了一間四人宿位房，在白天當同房的旅人出門觀光時，
便是我在房間內半閉關的繪畫日常。

民宿主人知道我要在房間內作業，
便為我添置了一張椅子。

文具店「立入禁止」的閣樓

數星期前，才在緬甸印刷店吸取了不能選紙的教訓，這次在康提半閉關的日常中，我都會善用出外用餐的珍貴時間，順道到印刷店打聽一番，希望能把選紙和印刷等細節預先搞定好。

走遍多間印刷店，其中有一位店員一邊查閱價目表，一邊從工作枱上隨手拿起了一疊小東西，看到那一疊在緬甸從未見過的紙樣板時，我的雙眼彷彿看到了一線曙光。一問之下，原來他們在收到訂單後，都會直接向附近的文具美術店採購，而且還無私地向我這位潛在的客人分享了它的確實位置。

根據店員的情報，我來到了與印刷店只有一街之隔的「L H Chandrasekara」。這間文具美術店極具規模，店舖內售賣的文儀及美術用品都一應俱全，心想：「斯里蘭卡的物資果然比緬甸充裕多了。」

文具店內，有一個選購紙品和訂製囍帖及周邊商品的專門櫃枱。

在花多眼亂的紙樣板中，我選了幾款合適的請店員入內搜尋，這一切一切都看似順利無誤，直至店員來來回回了數次，仍然沒有把我選好的紙張帶來，那些紙不是太厚，便是有一層光面的塗層，完全不合適用來印製小誌。原來，那一疊疊的紙樣板都只是中看不中用，很多都沒有現貨，那一刻真叫我晴天霹靂！

貼心的經理見狀，便吩咐店員直接領我到閣樓的倉庫找找看。我隨著店員穿過「立入禁止」的門廊，經過一個偌大的後台辦公室，走上一條狹窄的樓梯，來到位於閣樓的倉庫。那裡除了存放各式各樣的紙張外，還有一眾工人在切紙作業中，唯獨是沒有我所尋找的紙張。

在我再度失望地回到店面之際，卻在出口的旁邊看到一張寫有「book printing paper（書紙）」標貼的層架。就這樣，我終於在整棟文具店內，找到了唯一一款適合的書紙來印製斯里蘭卡的小誌了！

踏遍南亞的單車旅人Zany

「我剛在印度和尼泊爾完成了單車之旅，現準備在斯里蘭卡踏單車環島一周。」

「那麼，你來康提做甚麼呢？這裡可是中部山城啊。」

「我來見妳啊！妳知道嗎？我真的很幸運，在可倫坡剛好遇到了一位要回Matale（距康提20多公里的城市）老家的篤篤司機，我便跟著他免費來到這裡。」

就因為我在沙發衝浪上的一句回覆：「我現在在康提繪畫小誌，如果你剛好經過，我們可以碰個面啊。」這位來自越南的單車旅人Zany，竟拋下了自己原定的計劃來到了康提，還住進了我的民宿。

喜歡繫上頭巾的Zany，常常被人誤認是巴基斯坦人呢！

過往，我甚少在旅途上遇到越南的旅客，更莫說是踏遍南亞的單車旅人。而Zany和我所認知的單車達人不同，他沒有帶上專屬的單車，只在印度購入一台質量平平的二手單車便起行，還直接踏進尼泊爾的邊界，到佛陀的誕生地── 藍毗尼（Lumbini）朝聖，從印度飛來斯里蘭卡之前，便把單車賣掉輕盈地出發。

「沒辦法啊，越南人很難拿到簽證，有些國家不能由陸路通過，把單車帶上飛機又太貴了。」

因為預算不多，Zany除了廉價的背包客棧外，也會借宿寺廟、加油站或露營等。當地人見到一個外國人踏著單車遠道而來，不時會為他送上食物和飲料加油，不過他並沒有把別人的給予看作是理所當然的事，還盡能力報恩，例如是在寺廟內幫僧人清潔打掃，在路上幫當地人搬運貨物等等。

「我雖然沒有錢，但是我可以幫助別人，或是為別人帶來一點快樂，這就是give and take，是分享啊。」Zany笑道。

那晚，Zany不只專程來見我，還為我上了一堂寶貴的課堂。

真是湊巧啊！和我約好明天見面的沙發客Chan，原來也聯絡了Zany。

突發的沙發客小型聚會

翌日早上，沙發客Chan為免我們在路上迷路，索性親自來到民宿與我們會合。在康提土生土長的他，是一位自由攝影師，家中雖不方便接待客人，但因著彈性的工作時間，只要預先編排好日程，就連平日也能與沙發客結伴同遊，像極了康提的旅遊親善大使。

作為沙發衝浪的活躍分子，Chan還邀請了另一位沙發客與我們一起吃午飯，就是獨自到「印度矽谷」班加羅爾（Bengaluru），與印度人打交道的新鮮人Jamise。她剛巧遇有連續假期，便來個斯里蘭卡6日快閃遊，真的很酷啊！

愉快的午飯過後，Jamise到了皇家植物園（Royal Botanic Garden）參觀，Zany到了佛牙寺拜佛，Chan要回家處理公務，而我則要為耽誤了的小誌進度衝一波。各自把事情安頓好後，我們四人又再次集合一同吃晚飯。

因為藝遊創作的關係，旅程中我常常會與當地人待在一起。這次突發的小型旅人聚會讓我非常滿足，有種閒時與朋友見面敘舊的感覺。

在我糾結著要不要在尼泊爾徒步時，Jamise成為了推我一把的幕後功臣。

座落於康提最繁華路段的「Champa Stores」，
從外觀上看，它只是一間平平無奇的電器店。

而事實上，它還有另一個重要身分，
是一間全城質素最好的印刷店。

「出外靠朋友」這句話真的沒錯，若然沒有Chan的推薦，
我一定會在路上錯過了這家滿有口碑的印刷店，也懵然不知。

藏在電器店內的印刷店

穿過買手機、電器的人潮，我沿著一條小通道走，來到了店面後方的印刷店。在這裡，所有職員都穿上統一的制服：男士穿的是寶藍色襯衫，而女士就穿著藍紫色的紗麗工作。目測之下，這間印刷店在同一時間內可以為十組客人進行列印，規模比緬甸的要大好幾倍，看起來非常專業和可靠。

可是，替我列印的職員很快便讓我改變了想法，因為她竟然非常隨意地把我的圖像拉長縮短，來迎合電腦上的預設版面！要不是客人我剛好就坐在她的身旁，看著她逐步地設定，否則我專程從外邊買來的紙張，一下子便因那些「後期加工」而全部報銷了。

最後，我花了整整一小時向她解釋圖像原有比例的重要性，才能把小誌安全無恙地印製出來。不過，怎樣也好，這本斯里蘭卡的小誌整體上比緬甸的觸感舒適多了，這樣已讓我心滿意足。

第二本旅途中小誌《你好！斯里蘭卡》也順利印出來了！

在康提郵局寄明信片時，相中的女職員也是穿著紗麗工作呢。

最後的禮物

阿努拉德普勒（Anuradhapura），是緬甸朋友Okkar曾提及過的古城。非常巧合地，Imesh正好就在那裡讀書，所以我們便約好了要在阿努拉德普勒再次碰面，一同遊覽那個影響蒲甘建築深遠的世界文化遺產，亦當作是獎勵自己完成任務的小禮物。可是，在半閉關的一星期後，Imesh的大學仍在大罷工，而且那邊還下起了滂沱大雨，天氣非常惡劣，最終只好取消這個行程。

這次，我雖與阿努拉德普勒有緣無分，但卻再次獲得Imesh一家熱情的邀請。在前往機場附近的海邊城市——尼甘布前，我再次拐了一個小彎，回到庫魯內格勒（Kurunegala），把剛印好的小誌親自配送到府上，感謝他們一家無私地接待我這位陌生人。要不是有Imesh這位斯里蘭卡真人發聲的活字典，小誌的內容一定會失色不少。

Imesh果然是高材生，不僅非常仔細地閱讀小誌，而且還為它校對起來呢！

一如以往，賢良淑德的媽媽已經為我做好了午飯，好讓我在離開前能再次嚐到這頓在斯里蘭卡吃過最美味的住家飯，而它亦是我在這裡收到最後的禮物。

時間不早了，Imesh趕在下大雨之前，把我安全送到巴士總站，還向我拍胸脯保證，他們的冷氣巴士比普通巴士舒適多了，而且上落客不多，非常適合穿州過省。雖説是冷氣巴士，但它的外型卻和香港的小巴無異，當我望向小巴的前方時，竟看到車身殘留著香港典型「請勿吸煙」的貼紙，原來這真的是香港的小巴呢！

就這樣，我坐著家鄉的小巴，順利地回到這趟旅程的起點。

* 本章節使用之盧布為尼泊爾盧布（Nepalese rupee）

CHAPTER III.

陽光尼泊爾

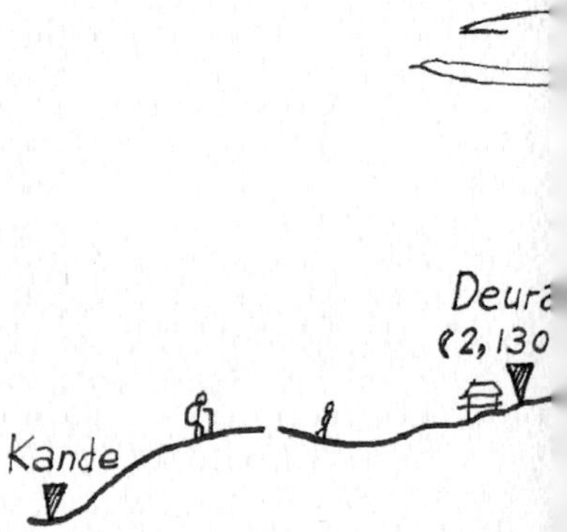

Kande
Deura
(2,130

即興5天
馬蹄山徒步之旅

「尼泊爾的秋天是徒步的好季節。
這時不到山上走走會很可惜，因為尼泊爾的山脈真的很美。」

Jamise的這句話，讓我下定決心，把在緬甸徒步時深陷泥濘、在斯里蘭卡有清晰指示仍會迷路的狼狽黑歷史一一拋諸腦後，然後極速在吉隆坡轉機時購入一雙登山鞋，便徐徐降落在尼泊爾的機場上。

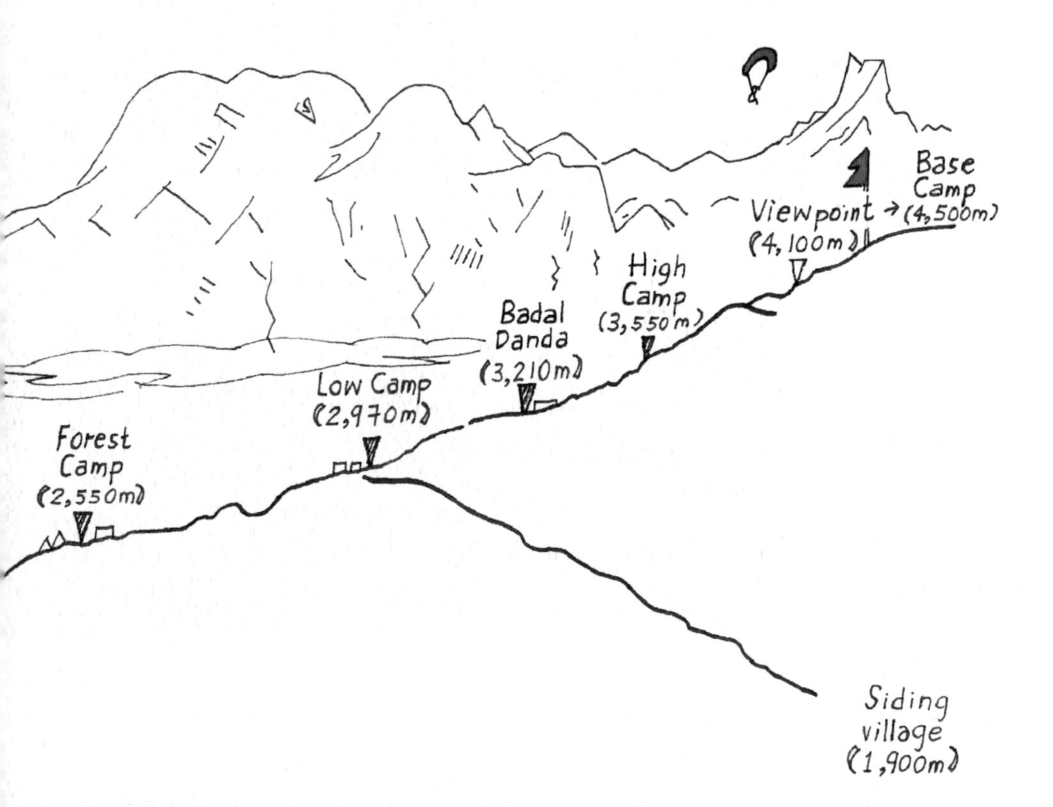
Base
Camp
(4,500m)
Viewpoint
(4,100m)
High
Camp
(3,550m)
Badal
Danda
(3,210m)
Low Camp
(2,970m)
Forest
Camp
(2,550m)
Siding
village
(1,900m)

與Pujan同行的雙贏局面

要獨自徒步嗎?不了,路痴如我一定會客死異鄉;參加徒步團吧?但我可能會成為拖人後腿的負累……要不,我先在民宿尋找體能相近的旅伴呢?不過,這些美麗的煩惱並沒有纏繞我多久,因為在抵步的翌日,Pujan便為我瞬間解決了所有徒步的問題。

「或許我們可以一起徒步啊!妳知道嗎?我與妳同行,比與當地朋友同行便宜十倍呢!」初次見面的Pujan突然向我拋出這個另類的選項——與當地人同行。我心想:「這是甚麼鬼話啊?與外國人同行只有被抬價的份兒,哪有更便宜的可能?」

「因為我可以裝成妳的嚮導啊。」

醒目的尼泊爾男孩

不濟的城市女子

他的家境清貧,裝成我的嚮導,無疑是他省錢徒步的好方法。然而,要一個精力充沛的年輕人與我這個不濟的姐姐同行,想必會悶得發瘋吧?「我不是為了攻頂,而是喜歡徒步的過程啊。而且我曾與老人家一同徒步到普恩山(Poon Hill),等待的時候,我懂得在路上自我娛樂,不用擔心。」就是這句率性的話,使我們達成了同行的協議。

這趟藝遊之旅非常奇妙,不斷有當地學生參與其中,先是有緬甸的Tain、斯里蘭卡的Imesh,而今次尼泊爾的沙發客Pujan更添上了一個額外身分,就是我的徒步代理人。

在尼泊爾眾多的徒步路線中,最適合笨手笨腳的我挑戰的一定非普恩山莫屬,因為它是一條只要有毅力,一般人也能應付得到的經典路線。但聽完Pujan的解說後,我因為喜歡寧靜、喜歡原始,決定越級挑戰馬蹄山徒步,近距離觀賞雪山的模樣。

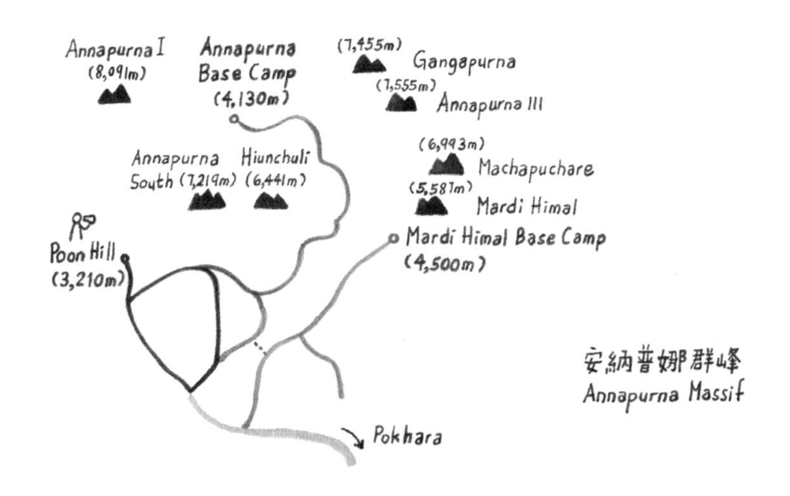

普恩山徒步(Poon Hill trek) (約3至4日)	馬蹄山徒步(Mardi Himal trek) (約4至6日)
✓ 以日出而聞名的普恩山，能遠眺安納普娜群峰的風光	✓ 能近距離觀賞安納普娜群峰，有「魚尾峰」之稱的Machapuchare也就在眼前
✓ 路況良好，沿路有很多住宿的選擇，設施和配套都充足	✓ 2012年才正式對外開放，沿途的自然風光還未被過度發展，人煙稀少
✕ 稱為ABC*前段，徒步者眾多	✕ 沿路的住宿相對簡陋、設施貧乏

雖然Pujan喜歡徒步，但為了徒步而耽誤學業也未免太貪玩了吧？此話對一般學生來說，所言甚是，但對主修旅遊業的學生來說，能作為旅客的嚮導卻是一個非常難得的實習經驗。所以Pujan問准了父母後，便向學校請假一星期，趕在12月下雪前，與我一同到博卡拉(Pokhara)展開徒步之旅。

* 安納普娜基地營(Annapurna Base Camp trek，簡稱ABC)和安納普娜大環線(Annapurna Circuit trek，簡稱ACT)都是尼泊爾非常熱門的徒步路線，分別需時約7至10日和14至18日完成路程，適合體能良好的徒步者。

徒步的行前準備

帽子及太陽眼鏡

冷帽

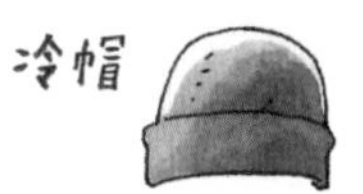

保暖衣(例如羽絨衣)

防風外套

短袖和長袖(排汗)衫

毛毯

水瓶及淨水丸
(也可用UV淨水棒)

薄長褲及保暖褲

手機及行動電源
(預先下載應用程式MAPS.ME,
是非常可靠的離線地圖)

當地現金、平安藥
(例如感冒、止瀉、
預防高山症藥物等)

登山杖
(可在博卡拉租借)

防曬、
保濕用品、蚊怕水

羊毛登山襪
(徒步日子長,保護
雙腳很重要)

登山鞋
(可在加德滿都光顧修
鞋地攤,穿線加固)

拖鞋(在茶館時使用)

把徒步時不需要用到的行李暫存在博卡拉的旅館內,便可以正式出發了!

馬蹄山徒步路線總覽

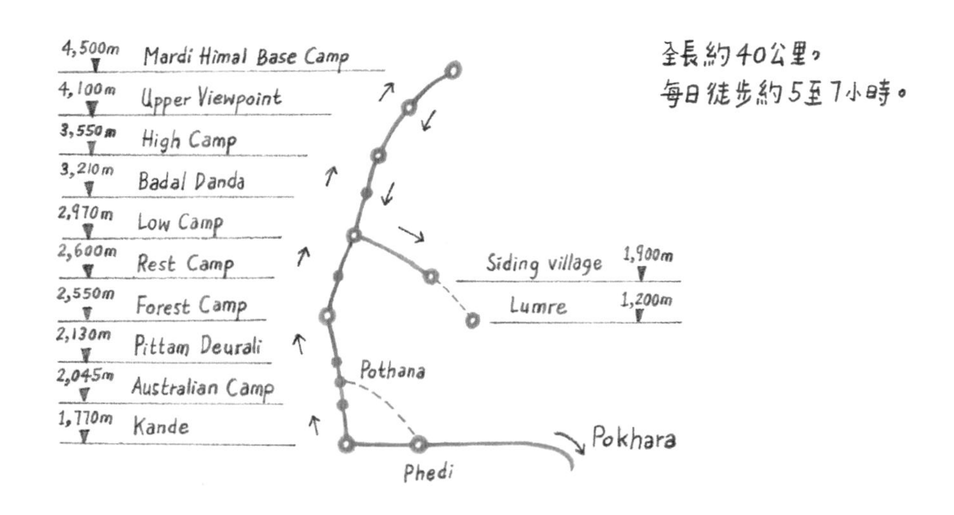

食

炒飯：320盧布（約港幣21.8元）　班戟：200盧布（約港幣13.6元）
達八*：450盧布（約港幣30.6元）　熱湯：220盧布（約港幣15元）

住

山屋：400盧布一間（約港幣27.2元）（4月及10月旺季建議預先預訂）

行

去程：博卡拉（Pokhara）至康德（Kande）：
出租車1,500盧布一輛（約港幣102元）（我們太晚出發了，不然可以乘巴士前往）

回程：西丁村（Siding）至博卡拉（Pokhara）：
吉普車6,000盧布一輛（約港幣408元）（與德國徒步者攤分車費）

其他

安納普娜保護區入園許可**（Annapurna Conservation Area trekking permit，簡稱ACAP）：外國遊客每次3,000盧布一位（約港幣204元）

尼泊爾健行資訊管理系統卡（Trekker's Information Management Systems card，簡稱TIMS card）：外國遊客每次2,000盧布一位（約港幣136元）

* 達八dal bhat是甚麼？請看第188頁。

** 沒有預先申請ACAP入園許可及TIMS卡者，在檢查哨會被徵收兩倍的費用才能入山，所以出發前一定要預先申請，也可以請旅行社代辦（參考2018年11月的匯率，100尼泊爾盧布約等於港幣6.8元）。

一切由海拔1,770米開始

馬蹄山徒步的起點有很多，我們從小村子Kande出發，
那裡沒有徒步的指示牌，沒有城市人熟悉的打卡位，
還來不及說句「出發吧，加油！」自我打氣一番，
我已不經意地走在步道上，經過一戶戶村民家的門前。

第一日：Kande - Australian Camp - Pittam Deurali

或許因為離村子不遠，路況比想像中好，有大小不一的石板路，也有平坦的沙地。我就如迷途羔羊般跟在Pujan身後，走進森林裡去，若然不是有經幡懸掛在樹上、一層層的祈福疊石在路上，我或會以為自己身在香港的郊野公園裡。他的手上一直拿著一個不織布袋，徒步時還不忘收集沿路的垃圾，真是有公德心的孩子。

走了快2小時，我們從遠處看到一個大型的竹造鞦韆（原來這鞦韆有特別的用途，詳見第197頁）草地上有營火的設施、戶外椅，還有一組亞洲女士悠然自得地午餐、聊天，她們與我腦海中的徒步者形象所差甚遠。「在Australian Camp留宿的旅客甚少徒步至馬蹄山，他們主要在這附近遊覽，隔天便會離開。」Pujan向我解釋道。

原來，在尼泊爾徒步也有兩日一夜的選項，那麼我為何要自討苦吃，貿然徒步數天數夜呢？不過，這念頭在我的腦海裡只閃過數秒而已，因為我已把別人的兒子帶到這裡來，有責任與他安全地走完全程。

已多次偽裝嚮導的Pujan經驗老到，提議我們要一前一後獨自通過在Pothana的ACAP檢查哨，以免被檢查人員識破我倆這奇異的徒步組合。不過，一直嚷著當地人收費很便宜的他，正因為沒有預先申請入園許可，經過時要補填資料及徵收兩倍的入園費用，真是失策啊！

第一天徒步，不用查地圖也知道這是一段漫長的上坡路，身體雖還未適應持續徒步的運動量，心態上還是應付得來。但因為出發得晚，日落前只能走到Pittam Deurali。和有生活氣息的Kande不同，這裡都是附近高山的村民（老闆）專為接待徒步者而建的山屋。

資源短缺下，這裡的基本設施如wifi、充電、洗熱水澡等，都要逐項收費；而且還有一個明文規定，必須在山屋裡一泊二食（晚餐和早餐），否則須支付高額的房費。嚮導Pujan則不受此限，豁免房費之餘，還能以小額享用無限添食的固定餐點——達八來補充體力。

夜闌人靜，在薄木板搭建而成的簡陋房間內，一個轉身、一個噴嚏，隔壁的客人都能聽得一清二楚，但對原以為要露營的我來說，能睡在床上已經非常幸福。

Pittam Deurali的山屋除了有冷帽和披肩出售外，還有一些手工編織品作伴手禮，很好奇這些商品在步道上的銷情好嗎？

昨天的天空白矇矇一片，今早清晨起床時，竟能看到安納普娜南峰（Annapurna South）和希安初里峰（Hiunchuli）的雪山！然後Pujan告訴我，其實從Australian Camp也能看到。

第二日：Pittam Deurali - Forest Camp - Rest Camp

吃過早餐後，我們便沿著小徑再次竄進森林裡，這段路比昨天的更濕潤，樹木都有一層苔蘚覆蓋著，而路旁還長滿了地衣和樹蕨，空氣格外清新。一路上，我們偶爾會遇到世界各地的徒步者，但礙於步速不同，大部分時間我只是與Pujan獨自徒步。我已走得上氣不接下氣時，他卻好像來郊遊般輕鬆地高聲唱歌——年輕就是本錢啊！

「我可以在這裡休息一會嗎？」「我是不是走得太慢了？」這是我在徒步時常常向他提出的問題，而他一直從容地回答我：「當然可以休息。」「用你的速度走就可以了。」

休息時，對世界充滿好奇心的他，常常問我有關香港的事情，還主動學習起廣東話來：「『Can you hear me？』的廣東話怎樣說？」看似鬧著玩的無聊問題，他卻會靈活運用，不時以廣東話往後方大聲呼叫：「你聽到嗎？」以確保我的安全；到了分岔口時他總會刻意停下來等我，這位非常有責任心的年輕人，是我非常信賴的「偽」嚮導。

長滿苔蘚的森林，讓人彷彿置身在紐西蘭的森林步道中。

Forest Camp的環境很不錯，戶外有一片草地可以搭帳幕露營，早到的徒步者已坐在椅上享用著咖啡，有的更躺在草地上曬太陽放鬆放鬆。我心想：「今晚能在這裡過夜真好。」然而，Pujan卻帶來了一個晴天霹靂的消息。

雖然徒步的旺季已過，但這裡的房間已預訂一空。職員提議我們繼續往前走，到離這裡一小時路程的Rest Camp留宿。此時，一直從容不迫的Pujan突然顯得不知所措，擔心若然下一站也爆滿的話，要如何是好呢？所以，已筋疲力盡的我也不敢怠慢，立即啟程出發。

幸運地，我們總算趕在日落前到達Rest Camp，而這晚山屋只有四位客人，除了我和一對美國情侶外，還有一位尼泊爾人。閒聊之間發現，原來他是Pujan修讀旅遊業的師兄，計劃要在三天兩夜內完成整個行程！難道尼泊爾人都有一雙「鋼鐵腿」嗎？

第二天徒步，山上的日夜溫差變化很大，白天熱得可以只穿一件短袖，到了晚上氣溫卻急速下降，要把全副裝備穿上身來保暖。因為客人不多，職員都邀請我們一同來到交誼廳，坐在火爐旁暖暖身子。

還記得在出發前，我在加德滿都（Kathmandu）的青旅遇到了剛完成珠穆朗瑪峰基地營（Everest Base Camp trek，簡稱EBC）的徒步者。她分享在珠峰徒步時，一路向上走，餐飲的價格也隨之上升，而她的心跳也同步加速；而Rest Camp和Pittam Deurali的價格卻沒有多大分別，原來這裡的餐飲價格都受到監管，防止營運者濫收費用。不知道EBC那邊是否也一視同仁？

這晚開始，我咳嗽的情況開始惡化起來，為了身體著想，我只好先行回房間休息。而Pujan為了打聽徒步的情報，一直待在交誼廳久久未睡，此時職員還為他送上本地威士忌暖身，還聊起以後生意往來的可能。這些嚮導的福利，我也是懂的。

火爐上還能坐熱奶茶呢！

在高山遇見犛牛時

第三日：Rest Camp - Low Camp - Badal Danda - High Camp

第三天徒步，離開Low Camp後，我們逐漸走出濕潤的森林，眼前的樹木變得疏落而矮小，而視野也變得廣闊多了。

伴隨著「鈴噹、鈴噹」的聲音，幾隻驢仔從我的身後出現，它們的身上背著兩至三個膠箱，裡面載著的便是我們在山屋中享用的食材。看到牠們跟隨驢夫的指示遠道運送食材到來，作為有責任心的徒步者更不能輕易吃剩飯菜。

「你看！對面那間藍色小屋就是High Camp了，你要加油啊！」Pujan見我在白天雖然沒再咳嗽了，但卻愈走愈慢，休息時間也愈來愈長，便嘗試用各種方法鼓勵我繼續前行。

我從遠處看去，見到有幾隻無所事事的犛牛，原來牠們不只分布在中國，在尼泊爾這邊也有呢。記得在雲南旅遊時，曾有旅客向我說：「在高山遇見犛牛時，我便開始頭痛起來了。」他並沒有誇大其詞，因為我們真的眼巴巴看著前面一對情侶，因女方感到身體不適而要折返。

犛牛是生活在海拔3,000米以上高原地區的哺乳動物，所以當在高山遇到牠時，代表我們或許會有高山反應。

在光天化日之下，仍能看到那麼清晰的雲海，真是名副其實的Badal Danda！

正當我走近那間藍色小屋時，卻發現被騙了！這裡只是一個名叫「Badal Danda」的中途站，在尼泊爾語中有「山上的雲」之意。在這裡，能夠近距離看著眼前的Annapurna South雪山和白茫茫的雲海，我們都停下了腳步，好好欣賞這難得一見的自然美景。

休息過後，我們沿著馬蹄山光禿禿的山脊走，終於來到了步道上最高的山屋High Camp。這裡的山屋比山下的規模大得多，但因為準備攻頂的和已攻頂回來的徒步者都會在此聚首一堂，房間的需求非常緊張。我幸運地獲安排住進一間三人房，而且房間內沒有其他室友，不然在深夜時分，我的咳嗽聲一定會打擾她們好好休息。但是，比我們晚到的尼泊爾男子組卻沒那麼幸運，他們只能在山屋外的空地上露營！

這晚，Pujan和嚮導們，還有些徒步者都意猶未盡，一直在交誼廳內高唱玩樂，在海拔3,550米的高山上開派對，直至夜深。

滑翔傘起飛的一刻

第四日：High Camp - Upper Viewpoint - High Camp

「妳想看日出嗎？」昨晚玩得死去活來的Pujan，今早竟還有力氣喚醒我去看日出，真是鐵人一名。原以為去去便回，我戴上冷帽和手套，執起登山杖就直接出門了。在太陽染紅了群峰後，豈料他並沒有回頭，更順道攻頂去了！？我們不僅沒吃早餐，就連緊急用的乾糧都全放在山屋裡，走到中段時，水也快要喝光了……直至到達Viewpoint才能在茶館內補充水分。

「這步道不是叫馬蹄山嗎？為甚麼到了Viewpoint，還看不到它的蹤影呢？」「它就在魚尾峰的前方，那個好像巧克力的尖端就是馬蹄山的頂部，只是還未有積雪而已。」在磅礡震撼的安納普納群峰前，我與Pujan一邊喝著熱騰騰的奶茶，一邊聊起主角的廬山真面目。

出乎意料地，我們在這裡遇上一組很酷的歐美徒步者，他們準備用滑翔傘直接滑回博卡拉！起飛初期，他們反反覆覆地在魚尾峰的上空來回數遍，然後緩緩地往博卡拉的方向滑下去，不久他們便消失得無影無蹤。假如我也能從那鳥瞰的角度觀賞安納普納群峰的話，一定畢生難忘！

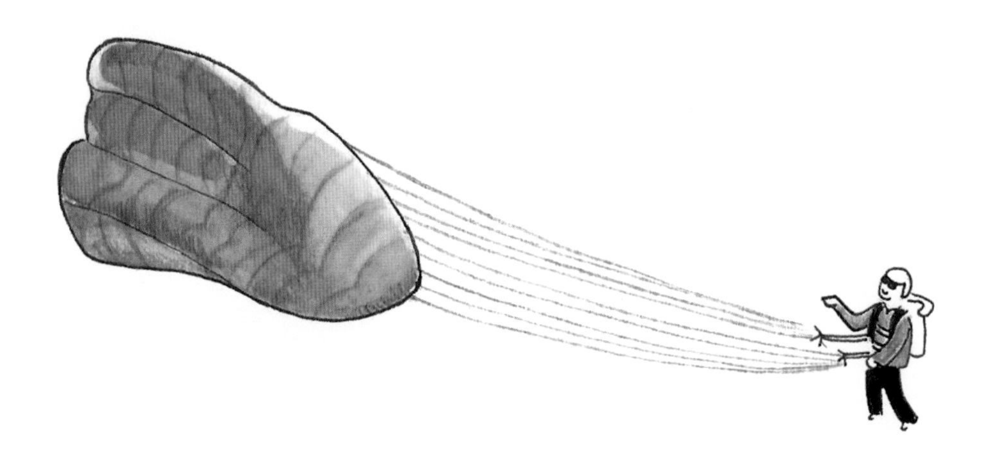

滑翔傘是博卡拉一個熱門的戶外活動，但沒想到在馬蹄山上，竟能看到它起飛的一刻。

從順利攻頂的徒步者口中得知，Base Camp和Viewpoint的景色相若，加上我並沒有「一定要走到最高點」的執念，所以在缺水的情況下，我們決定從這裡打道回府。

回程時，Pujan忽然聊起剛才上坡到Viewpoint的一段陡峭險要的驚險路段：「妳剛才很勇敢，有些徒步者因為害怕要攀過垂直的岩石而離開，但你卻沒有一絲退縮的念頭，步履蹣跚地走著。不過別擔心，現在我們會走一條安全的遠路回去。」

「那是因為我以為已無退路了……而且當時沒有你扶我一把的話，我一定走不過去。」我説著説著，想起了在山屋中曾看到一個從Base Camp失蹤的徒步者啟事。在天氣變化萬千的高山上徒步，真的不能掉以輕心。

除了方向感滿分的Pujan和MAPS.ME離線地圖外，一路上有賴清晰的藍白色標記指示方向，才讓我們順利無誤地完成旅程。

極限徒步10小時

第四及五日：High Camp - Low Camp - Siding village

不是說用我的速度走就可以嗎？
不是說好在一星期內完成便可以嗎？
為何要急著趕路到Low Camp留宿呢？

下午一時，我們才剛回到High Camp不久，眼前一碗熱騰騰的湯麵是我今天的第一餐，元氣還未恢復，Pujan竟催促我要繼續趕路：「如果今晚我們能在Low Camp留宿，後天便能搭上一位德國徒步者所預訂的吉普車（Jeep）回博卡拉了。而且，High Camp的海拔很高，假若妳在這裡多待一個晚上，可能會加重病情。」他的一番好意，讓我開始有點動搖。

「可是，從這裡到Low Camp要6小時啊……」

「那是上山的時間，下山的話，我想4小時便足夠了。」

經過數天勞碌地徒步，現在我每往下走一步，大小腿都無比酸痛和乏力。為免一不留神而跌倒受傷，我一直都走得小心翼翼，所以在這趟下山路，我最終也沒有走快多少。眼見太陽快要下山，再不加快腳步，我們就要戴著頭燈摸黑下山了。這時，Pujan二話不說便揹起了我的背包，希望我能無重地加快步速。

第四天徒步，由一早起來攻頂看日出，到入黑前順利到達Low Camp，我們整天足足走了10小時有多！而這晚，就如Pujan的預言般，我咳得不能入睡。

被梯田包圍的村子Siding village，是我們徒步的終點。為了趕上別人的吉普車，我們只好過門而不入，留一個機會下次再訪。

在顛沛的泥地上，坐在吉普車內的我們，彷如洗衣機中的污物般晃來晃去。在這程路上，時常有村民招手，希望我們能載他一程；而最誇張的是，有外國旅客坐在已滿座的汽車頂部向博卡拉駛去，Pujan打趣地說道：「如果我們沒有趕上這輛吉普車，坐在上面的就是我們。」

這趟徒步之旅，沒有Pujan同行的話，一定會失色不少。

Pujan，謝謝您。

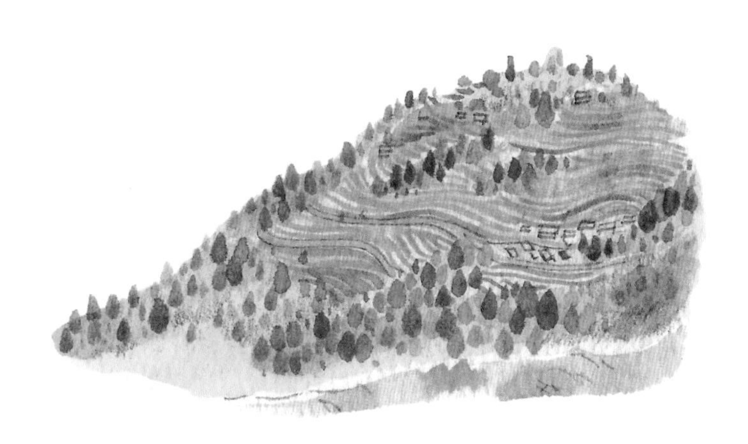

（第183頁）
斯瓦揚布納特佛塔
Swayambhunath Stupa

（第184頁）
帕舒帕蒂納特廟
Pashupatinath Temple

博拿佛塔
Boudhanath Stupa

塔美爾區
Thamel

特里布萬國際機場
Tribhuvan International Airport

（第178頁）
加德滿都杜巴廣場
Kathmandu Durbar Square

Ratna Park （第220頁）

巴克塔布杜巴廣場
Bhaktapur Durbar Square
（第179頁）

Pulchowk

帕坦杜巴廣場
Patan Durbar Square
（第178頁）

加德滿都谷地的沿途風光

在佛眼的角度下看加德滿都，
會看到寺廟以外的東西嗎？

尼瓦爾人的加德滿都

每次與當地人聊起加德滿都，他們十居其九都表示，這裡塵土飛揚、交通紊亂、人滿為患，是一個不宜久留的城市。不出所料，我從博卡拉徒步回來後，也開始加入他們的陣線，還私下把加德滿都改名為「Dustmandu」（灰塵之城）。但若撇除這個因素，這座獨特的千年古城，著實有博卡拉所不能媲美的魅力。

列入世界文化遺產名錄的舊城區中心——杜巴廣場（Durbar Square）是從前的皇宮廣場，由數十座歷史悠久的宮殿和寺廟所包圍。它不僅是旅客慕名而來的重要景點，亦是教徒每天膜拜的宗教場所、小販做買賣的工作場所、平民百姓閒聊娛樂的公共空間，它活像是個偌大的民間博物館，讓人百看不厭。

加德滿都杜巴廣場
Kathmandu Durbar Square

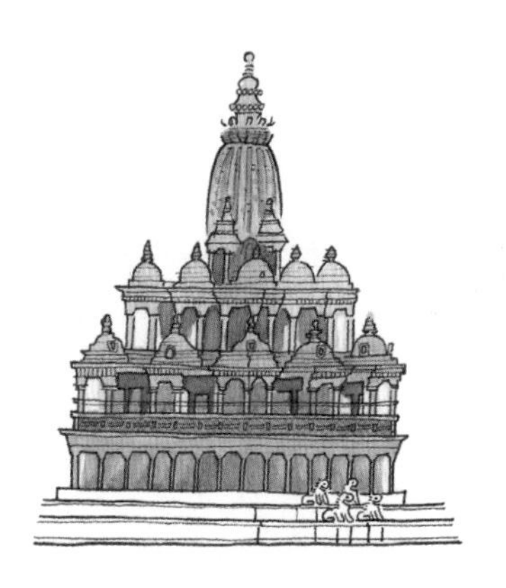

帕坦的錫克哈拉式克里希納神廟
Shikhara-style Krishna Temple in Patan

加德滿都谷地三個杜巴廣場*，標誌著15至18世紀時加德滿都、帕坦（Patan）和巴克塔布（Bhaktapur）王國的所在地；這不禁讓我聯想起曹魏、蜀漢、孫吳的三國時期。但事實上，他們都是馬拉王朝（Malla dynasty）的子孫，是亞克西雅．馬拉國王把土地分封給兒子所建立的王國，所以當時整個谷地都是由尼瓦爾人（Newar）所管治，而「三國鼎立」更是把尼瓦爾的藝術、文化和建築推到極致的巔峰時期。

三座古城當中，我對巴克塔布的印象最深，因為它有巧奪天工的木石雕刻、有谷地裡最高的尼亞塔波拉神廟、有供人練土、拉坯、曬陶的陶器廣場，還有一個重要的原因——它是Pujan的家鄉。

巴克塔布尼亞塔波拉神廟
Bhaktapur Nyatapola Temple

出發徒步前，我來到了巴克塔布參觀古城，順道拜訪了Pujan的父母和弟弟們。他們居住的舊房子並沒有自來水，每次都要到公共噴泉洗澡和洗衣服。原來，在古城各處散落著為數不少的噴泉，它們主要是馬拉時期興建的複雜供水系統，連接著不同的溪流、池塘或水道，一直沿用至今，這都要歸功於古尼瓦爾人的智慧。

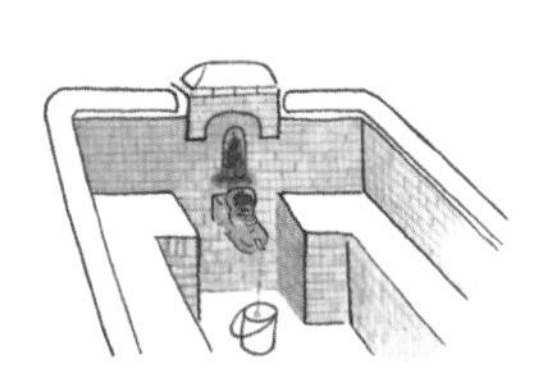

古色古香的公共噴泉

雖然三國最終被沙阿王朝(Shah dynasty)的啹喀人(Gurkhas)所人征服，但是作為谷地的原住民，尼瓦爾人過往一直從事貿易、經商、藝術、陶藝、工匠等工作；時至今日，它們在政治、經濟和文化等各方面，仍有著舉足輕重的影響力。而我在加德滿都入住的幾家民宿，剛好由他們所經營。

* 三座古城在2015年4月尼泊爾的8.1級大地震中，都受到不同程度的破壞。2018年到訪時，很多建築物仍在修復中，讓人非常惋惜。

清晨起來塗朱砂

來到巴克塔布的翌日，我忍著清晨的寒風撲面，摸黑走到古城中心，不為看日出，而是為了一睹當地人每天禮拜（Puja）的生活日常。在冷冷清清的街道上，不時有人拿著鐵托盤獨個兒出門，他們大多默不作聲，好像愛麗斯夢遊仙境的兔先生般，匆匆忙忙地向著同一個方向快步走去。

我跟著人潮走，看著他們在大大小小的寺廟、神龕前停下了腳步，開始熟練地禮拜祈禱；而托盤上的鮮花、穀粒、水、朱砂和蠟燭，就是獻給神明的貢品。為神像塗上朱砂、點上油燈、敲響鐘聲後，他們又再急步到下一個地點去了。才早上7時，出門禮拜的人潮已經消失得無影無蹤。

回到民宿時，門前地上已添上了新的朱砂，意為邀請神明進來家中。一日之計在於晨，當地人在清晨起來禮拜，每天都能在神明的祝福下迎接新的一天。

我終於明白，為何神像身上的朱砂永不褪色了，這都全賴教徒們每天為祂不間斷地塗上新朱砂，年中無休。

Pujan告訴我，印度教徒一天會向家裡的神龕禮拜兩次*，但唯獨清晨時分才會出門到附近的寺廟禮拜。清晨起來塗朱砂，比我想像中更講究，原來為神像塗上的朱砂，紅色的稱為Abir，黃色的稱為Kesari，禮成後，教徒會把朱砂塗在自己的眉心之間，這時則稱為蒂卡（tika），有受神明祝福之意。

* 在尼泊爾年度大節慶——達善節（Dashain festival）和排燈節（Tihar festival），當地人還會為汽車、電單車、牛和狗等禮拜祈禱，真是萬物中皆有神在。

為何神像身上的朱砂
永不褪色的呢？

印度教vs佛教

與Pujan初到杜巴廣場時，看著眼前數座紅磚瓦頂的寺廟，無知的我草率地問：「這些都是佛寺對嗎？」

「不，這是印度廟。」Pujan用非常堅定的眼神回答道。

「是嗎？在新加坡和馬來西亞的印度廟，屋頂上都有色彩繽紛的滿天神佛，所以一時之間意會錯了。」

尼泊爾別樹一格的宗教建築，打破了我對印度教僅餘的印象。好奇心驅使我不斷地向當地人請教，終於歸納出一些簡單辨別尼泊爾佛教和印度教的建築特徵。

印度廟的特徵

佛塔的特徵

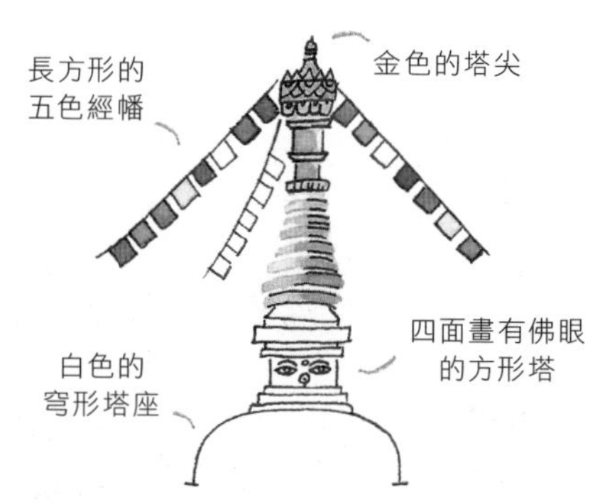

乍看之下，印度廟或許會因為那些斜坡瓦頂而被誤認為佛寺，但當細看寺廟內的檐柱、門樓和窗花時，都不難發現印度教的動物、神獸和偶像等雕塑的蹤影。

在斯瓦揚布納特佛塔旁邊，竟是一座印度廟 Harati Ajima temple。

但堂堂千寺之城，又怎會被一個外來者輕易識破呢？以尼泊爾最古老的佛塔——斯瓦揚布納特（Swayambhunath）為例，就是一座不按章出牌的佛塔。

在通往小山丘的365級樓梯上，有巨型大佛像，也有印度教的偶像雕塑；在山丘的平台上，佛像都被當地人塗上了朱砂；在最後的下山路上，還發現了一座佛教和印度教奇異的混合體，那是佛寺還是印度廟呢？這真不好說，但可以肯定的是，它完美地展現出在過去千年以來，佛教與印度教在尼泊爾不斷自然融合、互相影響、和諧共處的模樣。

帕舒帕蒂納特廟的黃昏

尼泊爾最大的印度廟── 帕舒帕蒂納特廟(Pashupatinath temple)雖然只容許印度教徒內進,但卻無阻非教徒的旅客前來,近距離感受它四周濃厚的宗教氛圍,以及身後巴格馬蒂河(Bagmati river)旁阿里雅火葬台(Arya ghat)傳統的露天火葬儀式。

剛抵步時,火葬台上已有兩三具遺體在火堆中默默地燃燒,我們便坐在河的對岸靜靜地觀看及等待著。這時Pujan向我們簡單介紹火葬台,説著説著,還提到2001年一場血腥的王室滅門慘案*,而被謀殺的國王和皇后等,也是在這裡進行火葬儀式。

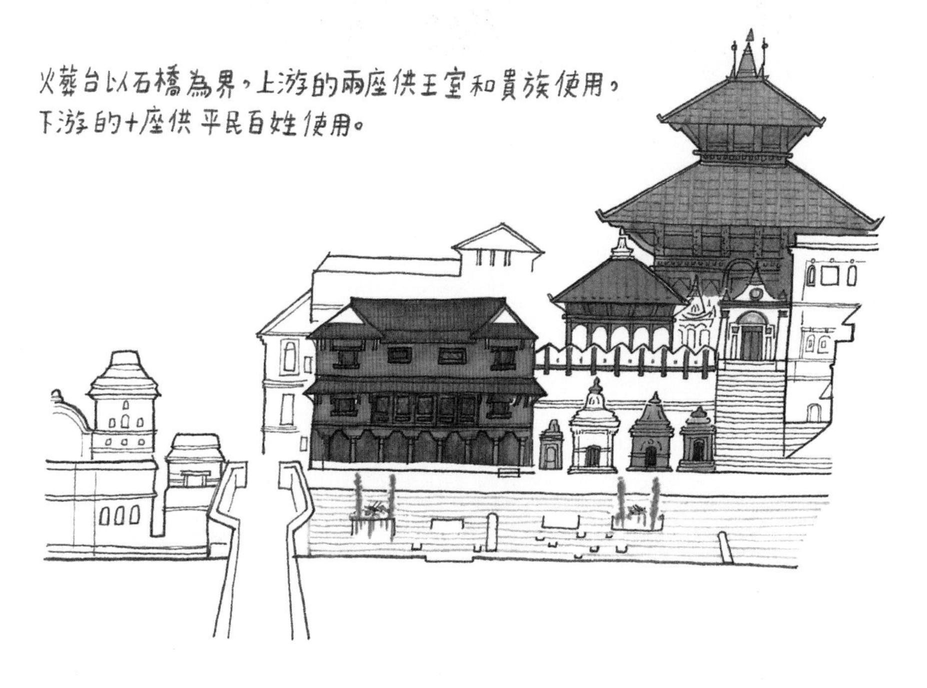

過了一小時,有位男子在河邊剃光了頭髮和鬍鬚,還走進河中浸浴、穿上潔淨的白衣。Pujan説他就是死者的長子,要為父守喪。這時一具以白布包裹的遺體已被抬到河邊的斜坡上淨身,洗滌今世的罪業,然後火葬儀式便開始了。再過三至四小時,骨灰便會直接撒入聖河之中,化為烏有。

太陽快要下山了，但河岸的人潮卻有增無減，通往寺廟的石階更坐滿了人，好像將要舉行甚麼大事般。這時，河對岸的三位祭司吹起了法螺，揮動著手上一盞火光熊熊的酥油燈打圈。在響亮的拜讚歌（bhajan）伴隨下，群眾竟在火葬台的對面歡樂地跳起舞來，這簡直是一場晚上狂歡的派對！原來在這裡每晚都會舉行夜祭（arti）來讚美和感謝神的恩典，祝願和平。

一位老伯伯在夜祭時顯得異常興奮，好像在參加節慶似的。

禮成後，群眾紛紛離去，而對面火葬台的裊裊吹煙卻沒有停止的一刻。一個晚上，在同一個地方，同時感受生存和死亡的瞬間。人生歡樂有時，悲傷有時，這就是當地人面對死亡時，仍能處之泰然的態度嗎？

* 案發的源起眾說紛紜，而官方聲稱這是由王儲發動的槍殺案，最終做成10死5傷。兇案現場——納拉揚希蒂王宮（Narayanhiti Palace museum），在2008年廢除君主立憲制後被改成博物館，開放予公眾參觀。

身體語言的傳聞

尼泊爾人真是一個讓人看不透的民族。
問餐廳店員，可以給我一支湯匙嗎？他搖頭晃腦。
問民宿職員，這裡可以寄存行李嗎？他搖頭晃腦。
問路人甲，杜巴廣場是往左邊走嗎？他搖頭晃腦。

看著他們不斷地搖頭晃腦，我回想曾在網絡上看過一些關於身體語言的傳聞，在印度次大陸的人（包括尼泊爾人），表達好與不好的身體語言與我們的恰好相反，他們點頭時代表「不好」，而搖頭時卻代表「好」。但當我親自向幾位當地人確認時卻有以下發現。

他們都和我們一樣

點頭時代表

好／對

頭部左右搖動時代表

不好／不對

而最容易讓人困惑的，其實是尼泊爾人常用的搖頭晃腦

頭部左右傾斜時代表

沒關係／沒問題

不過，搖頭晃腦的底蘊，其實也要視乎當時的具體情況、搖頭時的幅度而定，搞不好還有「可能」或「不確定」的意思。所以，看來我需要更多實戰經驗，來參透箇中玄機了。

不要說牛的閒話

在加德滿都的古城內，除了要提防遍地「黃金」的白鴿糞便，也要當心在縱橫交錯的街道上，肆無忌憚地橫行又暢通無阻的黃牛。Pujan告訴我，牛之所以神聖、被受尊崇，因為牠是吉祥天女（Lakshmi）的象徵，代表幸福與財富，所以印度教徒都不會吃牛肉的。

不過，水牛與黃牛有著截然不同的命運，當地人不僅會吃水牛肉，還會在某些節慶中，屠宰數以萬計的水牛、山羊、雞等來獻祭給神明，真是同牛不同命！而因著自身的宗教信仰、種姓*的不同，有些人也有不能吃水牛肉、豬肉等習俗，所以在本地餐廳裡，普遍以雞肉和羊肉為主；不過旅客仍然可以在酒店、指定餐廳內看到牛肉的蹤影。

我與Pujan剛好聊到黃牛時，牠便突然在我的身旁出現！所以，在尼泊爾旅遊時不要說牛的閒話啊！

＊「種姓制度」把人們劃分為不同種姓的社會階層制度，他們各自有著不同的地位、習慣及禁忌。雖然尼泊爾政府在2011年已立法禁止種姓歧視，但對當地人仍然影響深遠。

沒有達八就沒有人生

「No Dal Bhat No Life」是我在塔美爾（Thamel）旅遊區時常看到的一句標語。初時以為這只是招徠客人的花言巧語，但時間一久便發覺，這句話說得一點也沒錯。

達八（dal bhat）是當地人一日兩餐的國民主食，在一些偏遠的小村莊裡，甚至會一日三餐呢！它與印度的塔利甚為相似，都是由一個金屬圓盤盛著不同的咖喱與配料，用右手把餸菜混合起來吃，而以下是我在尼泊爾常見的達八配菜組合：

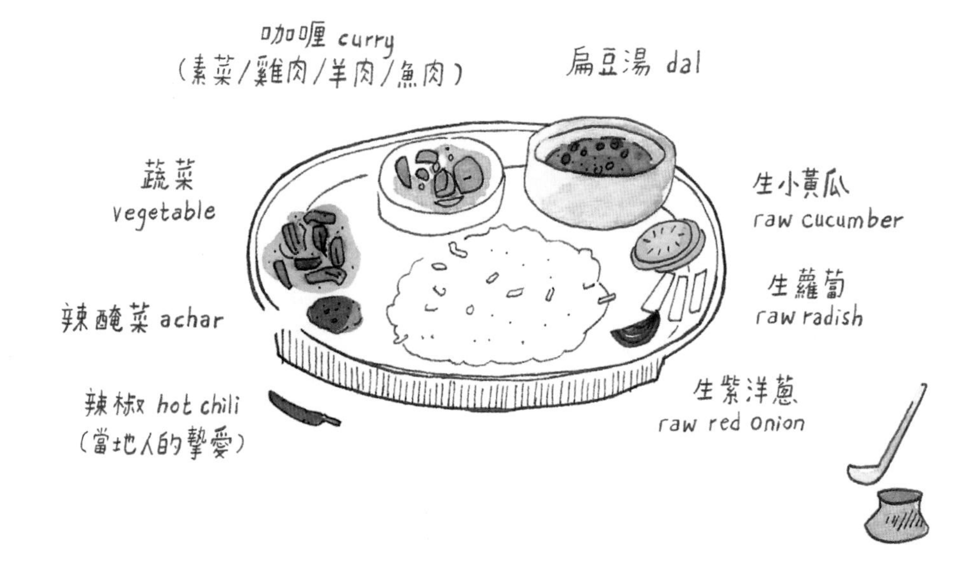

達八均衡的蔬菜及穀物，為當地人（特別是在高山工作的揹夫）提供豐富的蛋白質、維他命、礦物質等營養，迎接辛勞工作的一天。重點是，它可以無限量添飯添餸（肉類除外）！真是窮遊背包客一餐抵兩餐的首選。

無飯不歡的我非常喜歡達八，甚至因為每餐吃太多而胖了一圈回家。

這個夾在中國與印度之間的內陸小國，當地食物比我想像中豐富，而且繼「鹹死人不賠命」的緬甸菜、乾巴巴的斯里蘭卡菜後，尼泊爾菜竟然爆冷，成為我這趟旅程的摯愛。我特別推薦以下幾款道地美食：

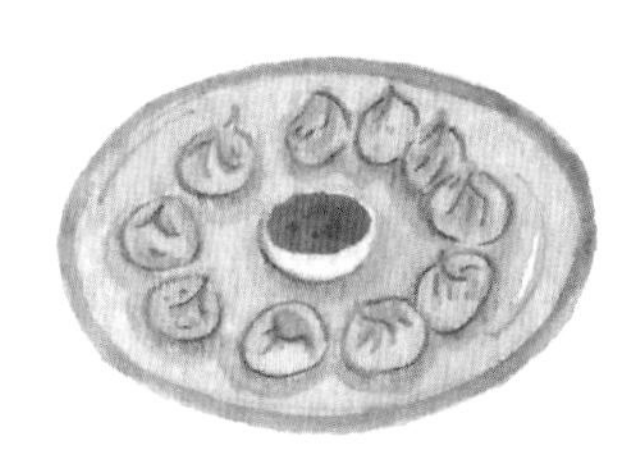

饃饃（momo）

外表好像中國餃子或小籠包的饃饃，相傳是由尼瓦爾商人從西藏傳入的美食。傳統上，尼瓦爾人會把剁碎的水牛肉、洋蔥、蒜頭、薑和香料等釀入餃子皮中，然後放在鍋子上用高湯蒸熟，再沾上醬汁進食。

Khaja set

當地人一邊飲本地米酒一邊吃的小吃，當中又以尼瓦爾的Khaja最為出名。它以脆米片口感的beaten rice為主，配上由不同香料所煮成的薯仔、紅蘿蔔、豌豆、魚乾等配菜。雖然是小吃但分量一點都不少，吃完後我已不用吃正餐了！

湯麵（thukpa）

尼泊爾的湯麵是由西藏難民傳入所演變成，其一大特色是：辣。用辣椒粉、葛拉姆馬撒拉（garam masala）、青辣椒與洋蔥、蕃茄、胡蘿蔔、生菜等蔬菜煮成的湯麵，灑上芫荽和青檸汁，營養豐富又可口。在冬天吃上一碗熱呼呼的湯麵，果腹又暖胃。

愛與太陽玩遊戲

為抵擋太陽的猛烈攻擊，出門前務必塗上太陽油和戴上帽子，而正當我物色著一處陰暗的角落休息時，當地人卻反其道而行，愛坐在戶外與太陽玩遊戲，當中還不乏愛美的婦女們。

「因為待在屋裡很冷，我們都喜歡坐在陽光底下取暖。」Pujan不假思索地解釋，尼泊爾的電力長期不穩，數年前他仍過著在半夜爬起來為手機充電的生活，在這個大環境下，更莫說要在冬天開暖氣了。

坐在休憩亭內曬太陽的伯伯。

坐在毛冷店外，一邊織毛衣一邊聊天的婦女們。

太陽還未升起前，只能裹著毛氈擺攤的菜販。

在塔美爾旅遊區，一些餐廳、咖啡廳會在戶外架起柴火為客人取暖，而一般平民百姓則愛把太陽當作天然的暖爐，在戶外例如杜巴廣場等，進行各式各樣的活動。

在戶外攤檔點了一杯尼泊爾奶茶暖暖身子的路人。

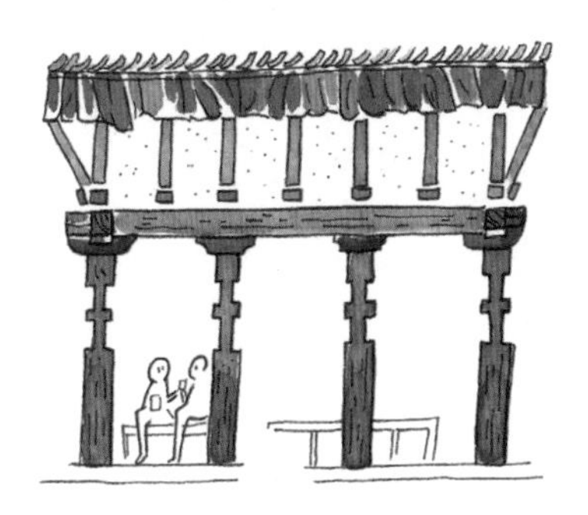

在神龕旁，抱著嬰孩曬太陽的婦女們。

在戶外簡易地用明火炸油器的小哥。

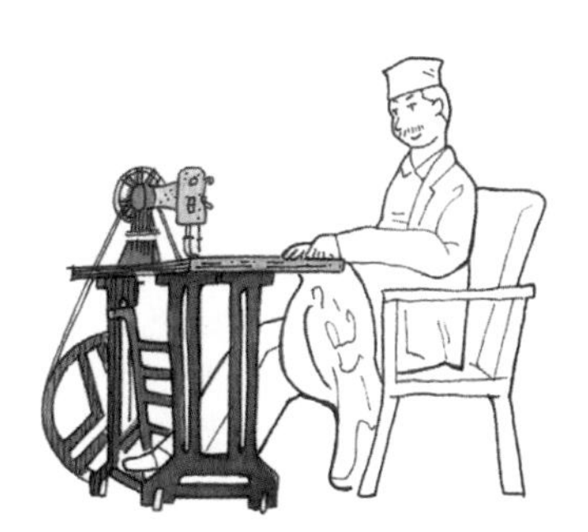

坐在廣場中央，為客人補衫縫衣的裁縫。

真好奇，夏天時這裡又會是怎樣的風景呢？

在加德滿都車水馬龍的大馬路上，還有很多有趣的人民風景呢。

小販在巴士站和市場外，高高掛著一排排色彩繽紛的棉花糖、卡通氫氣球來吸引客人的注意。

起源自印度的街頭小食 panipuri，也是尼泊爾人的摯愛。在形形色色的街頭攤檔之中，只要看到一大袋半圓狀的油炸物，便能輕易地鎖定目標，挑戰看看！

交通警常在指揮亭的裡裡外外站崗，
疏導首都加德滿都嚴重的交通擠塞，
這真是21世紀的一大奇景。

流動的單車小販，主要售賣
橘子、蘋果、香蕉和葡萄等
水果，種類雖然不多，但卻是
全城最便宜的水果銷售點。

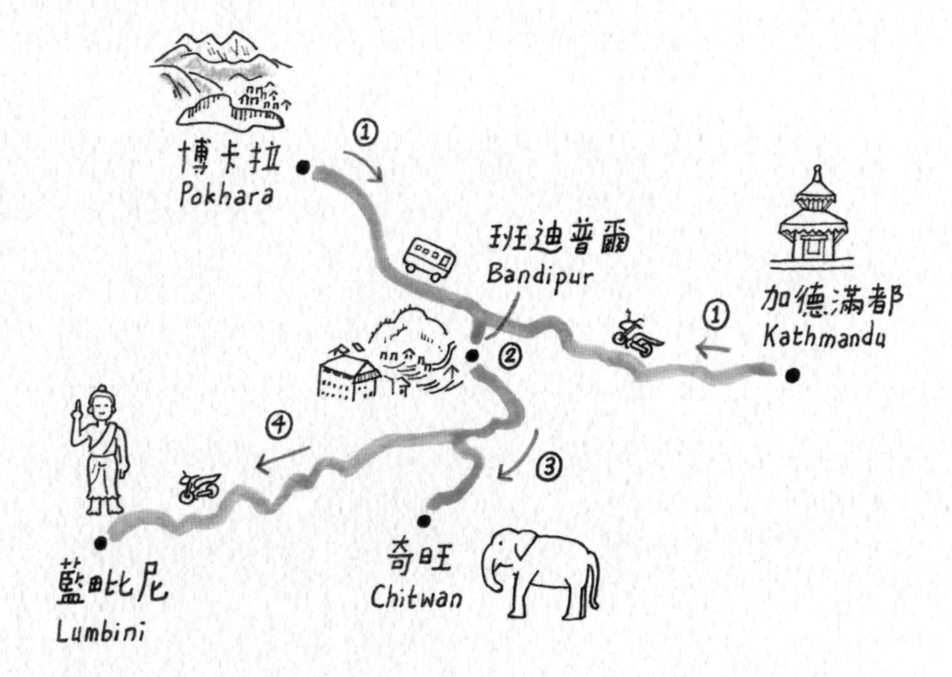

博卡拉
Pokhara
①
班迪普爾
Bandipur
②
加德滿都
Kathmandu
①
④
③
藍毗尼
Lumbini
奇旺
Chitwan

Bandipur - Chitwan - Lumbini Tour

班迪普爾、奇旺和藍毗尼的電單車之旅

出發前，我只知道加德滿都和博卡拉；
到達後，道聽塗説，還額外拜訪了山城、國家公園和佛教聖地，
而喜出望外的是，Kamal駕著電單車載我四處玩。

尼泊爾式野餐

超額完成了數日數夜的徒步之旅後，我決定先在遠離繁囂的小山城——班迪普爾（Bandipur）好好休息，慰勞自己。這個曾經是印度、西藏通商往來的貿易重鎮，因著高速公路的發展而被孤立，卻因禍得福，讓當時尼瓦爾商人的傳統建築能完好保留至今。在沒有煩人汽車響號聲的山城裡，只要避開人潮滿溢的周末，便能寧靜遊走於鄉間小徑之間。

這個星期五，向來平靜的山城顯得不太一樣，在餐廳和咖啡廳林立的主街道上，突然多了一些賣肉的地攤，那些肉塊分量之大，究竟是要賣給誰呢？終於，我在Tindharia的印度廟外的草地上找到了答案——那些大肉塊是賣給來野餐的本地遊客。

在草地上鋪上野餐墊，一邊聊天一邊吃著各人準備的輕食和飲料，這個對「野餐」的刻板定義，原來並不適用於尼泊爾人。尼泊爾式野餐有點像螞蟻搬家，他們會把自家的鍋子、砧板和餐具都一併帶來，在空曠的草地上搭起柴火做飯，這樣出門在外也能吃到家鄉菜了。

鍋子大得需要一名大漢站著攪拌、顧火。

空地上的竹棚專為達善節而設，傳統上，當地人一年最少要離開地面一次，而盪鞦韆便是一個好玩又奏效的方法。

一位中學老師看到我在人群堆裡好奇地探頭探腦，立即熱情地邀請我與他的學生一同午餐。老師告訴我，在尼泊爾星期六才是公眾假期，不少學校會趁著周末前為學生安排校外活動，好讓他們能在翌日的假期好好休息。看來，希望有一個寧靜的山城體驗的話，要避開尼泊爾的「周末」才對呢。

當地人平日用來洗衣服的噴泉，今天搖身一變成為了本地遊客洗碗碟的重要水源。

周末過後，山城又再回復舊有的閒適。

在這古色古香的尼瓦爾小山城，秋天時吸引了大批的本地遊客前來野餐，今天在這塊印度廟旁的草地上，就有小學、中學和婦女會三個團體，共用著這個公共空間。午飯後，清理好現場，他們又浩浩蕩蕩地出發到下一站去了。

昨天見識了當地人的熱情與澎湃後，
今天我決定跟著MAPS.ME的離線地圖，
獨個兒走在寧靜的鄉間小徑上。
除了兩名健步如飛的歐美男士外，
沿路上就只有我和自己。

經過兩小時與大自然獨處的時光，
被梯田包圍著的馬嘉(Magar)族鄉村Ramkot，
終於出現在我的面前了。

傳統的馬嘉族鄉村

在現代化發展的洪流中，簡樸的Ramkot雖沒有精緻的木石雕建築，幸而未受外界干擾，仍保留著當地以茅草、泥土和磚塊所建成的傳統圓屋，散發著陣陣的鄉土氣息。

周末到了，鄉村卻沒有熱鬧起來，婦女們如常地在空地上曬農作物、在農舍餵飼牲畜、在公共水源盛水備用，辛勤地勞作著。在屋外悠閒地曬太陽的老人們，雖未能用英語好好地溝通，但從友善的笑容和身體語言中，已能感受到他們在歡迎著我這個不速之客。

村子裡有一個非常突兀的路牌「Mountain View Hotel 100 meter away」（酒店在100米外），我想大部分到訪的旅客都會去那裡看個究竟，當然也包括了我。

被圈養的山羊都不怕生，還目不轉睛地看著我。

民居外的巨型木樁上，堆積著大量粟米於半空中。這個既能風乾、又能節省空間的設計，成為了Ramkot的一大亮點。

才剛吃過「酒店」老闆用方便麵做的偽炒麵，一位會英語的村民便向我大步地走來。聽他一說，原來村裡不只有酒店，還有辦社區民宿，旅客能拜訪村民的家之餘，亦能體驗鄉村的田園生活。但近日村民都因忙於農務，無暇兼顧旅客而休業中，難怪剛才村子裡都只有「老弱婦孺」呢。

這時，酒店裡竟然來了兩張熟悉的面孔！他們不就是昨天在小印度廟巧遇的法國夫婦Francois和Josette嗎？能在這麼偏僻的鄉村再遇，真是有緣啊。回程時有他們結伴同行，兩小時的路程一下子便過了。

熱愛旅遊的Francois和Josette每工作十年便會來一場gap year，遊歷四方。

壓軸出場的Kamal

從鄉村Ramkot回到遺世的班迪普爾不久，
Kamal便駕著電單車威風凜凜地出現在我的民宿門前。

真巧啊，原來Kamal是馬嘉人呢。

抵達加德滿都不久，我曾嘗試聯絡在仰光巧遇的Kamal（詳見第87頁），卻一直得不到他的回覆。直至我身在班迪普爾，竟收到他的新訊息：「對不起！那麼久才回覆妳，因為我的手機在柬埔寨金邊被偷了，今天才剛開通app……妳現在在哪裡？」正在加德滿都老家閒著沒事做的Kamal，昨天才剛聯絡上我，今天已坐言起行，駕著愛驅前來班迪普爾與我會合，然後一起到奇旺和藍毗尼旅行！

尼泊爾的電單車之旅聽起來很帥，但坐起來可不得了！特別是從奇旺開往藍毗尼一段，我們不只連續駕（坐）了六小時的車，還不幸地遇上了機件故障，在等候師傅維修時，Kamal打趣地說：「要是我們現身在英國，這趟旅行便要取消了，因為他們才不會立即替你修理，而尼泊爾就不一樣，既靈活又便宜。」

已定居英國十多年的Kamal，縱然已不習慣用手吃達八，但當提到退休生活時，他還是會毫不猶疑地選擇回到家鄉——尼泊爾。

最接近老虎的距離

奇旺國家公園與索拉哈村（Sauraha Village）之間，以拉布蒂河（Rapti river）這天然屏障作分隔，但是野生動物才不管這些，有時還大模廝樣地出現在鄉村的緩衝區，所以就在牠們愛出沒的黃昏，民宿主人邀請了我和Kamal一同越過淺灘，碰碰運氣。

我們走著走著，開始淹沒在長長的草叢之間，突然有一把熟悉的聲音劃破了寂靜的空氣，那是一把在國家地理頻道聽過的吼聲⋯⋯見狀我們立刻互換眼神，停下腳步，留心傾聽四周的風吹草動。民宿主人低聲説道：「你們聞一聞，這是老虎的氣味。」此時，前方又再傳來一聲低沉的吼叫。「聽！這是老虎警告的吼聲，你們還要向前走嗎？」

雖説我們是衝著野生動物而來的，然而在沒有資深嚮導的帶領下，為安全起見，我們最終放棄了驗明老虎的正身（所以也可能是誤判）；但可以確定的是，我們正身處於最接近老虎的距離。

棲息在奇旺國家公園的瀕危孟加拉虎（Bengal tiger）。

坐在吉普車內，用望遠鏡觀賞野生動物，原來並不是探索國家公園的唯一方式，在奇旺還可以選擇乘坐獨木舟、騎大象，甚至是以最不打擾動物的方式，直接在叢林徒步*（jungle walk）！

嚮導在晨霧中領著我們穿過濕地、走進森林和河岸，透過觀察地上的腳印、糞便的狀況來判斷大象、犀牛和老虎的縱跡，例如牠的年齡、大小和經過的時間等。可是，12月的象草長得比人還要高，大大阻礙了觀賞野生動物的視野。嚮導告訴我們，園區在1月底便會開放居民收割象草回家使用，由那時起動物想隱藏也無所遁形。而現在，只要發現到可愛的梅花鹿、野雞、長吻鱷和雀鳥等，已讓我開心不已。不料在快要離開園區時，一隻穿著天然盔甲的獨角犀牛竟出現在入口的不遠處，為我們帶來了驚喜。

正渡河進入國家公園時，我竟三度巧遇Francois和Josette！他們還隨即為我們拍照留念。

* 無論人數多寡，也須有兩位手握實心棍的嚮導一前一後帶領著旅客，以策安全。入園門票單次收費2,000盧布一位（約港幣136元）；半天叢林徒步收費1,200盧布一位（約港幣81.6元）。

在獨木舟上爽快答應了Francois和Josette一起吃晚飯聚舊，卻完全忘記了今晚我要在叢林裡夜宿！在野生動物最活躍的夜間，躲在叢林觀察牠們的動靜，聽起來已非常吸引。我帶著忐忑緊張的心情，隨著嚮導來到一座有鐵欄加固的觀察塔內，在二樓的露台上仔細觀察周圍的景色。

在塔內閒著沒事，Kamal問我：「假如今晚沒看到甚麼，你覺得怎樣？」被他這樣一問，我才開始思考，能否看到野生動物，除了需要敏鋭的洞察力外，還要配合季節、天氣和運氣等因素。他沒等我回答便自顧自地繼續説：「對我來説，沒看到甚麼也沒關係，試想想，我們現在竟身處於國家公園，閉上眼睛便能聽著天籟的聲音入睡，這個體驗已夠驚嘆了。」

過了一整個夜晚，我察覺到還遺漏了一個非常重要的因素，就是要有一組不會在房間內喧嘩、驚動野生動物的房客，但得到Kamal的開導後，這些已經不再重要了。

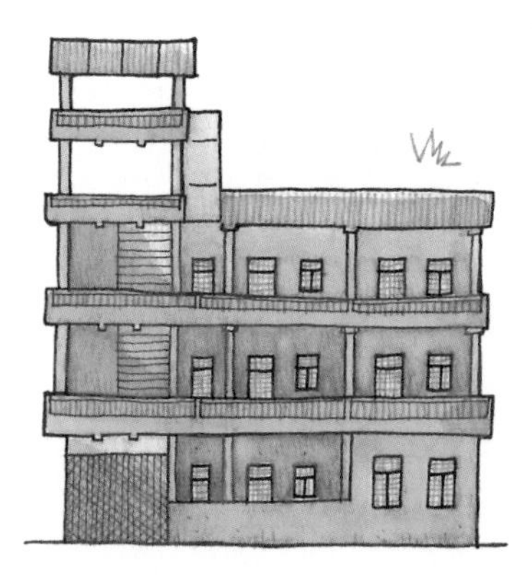

夜宿叢林觀察塔（Tower night）收費

2,500盧布一位（約港幣170元）

非教徒的佛寺體驗

每次與當地人聊到佛教時，他們都會用殷切的眼神告訴我：「妳知道嗎？佛陀在尼泊爾的藍毗尼誕生，而不是印度。」彷佛希望世人能還尼泊爾一個清白。

在佛教八大聖地*之一的藍毗尼，到摩耶夫人寺（Maya Devi Temple）內的佛陀誕生地朝聖，以及在旁邊的聖池、菩提樹下誦經、冥想，對我這個沒甚慧根的人來說，也許參透不到甚麼悟理，那到底要否拜訪這佛門聖地呢？我一直拿不定主意。但細心想想，我都快來到佛陀家鄉的門前了，何不趁此難得的機會，放慢腳步，體驗佛寺規律的生活，嘗試以另一個角度感受聖地的氛圍呢？曾到藍毗尼朝聖的Zany（第148頁）告訴我，園區內的韓國寺都歡迎非佛教徒入住的。

* 佛教八大聖地包括藍毗尼園、菩提伽耶（Buddha-gayā）、鹿野苑（Saranġa-nāthá）、舍衛城（Sravāstī）、桑伽施（Sankasia）、王舍城（Rāja-gṛha）、毗舍離（Vaiśālī）、拘屍那揭羅（Kuśi-nagara），而藍毗尼是唯一在尼泊爾境內的聖地。

西面為大乘佛教的佛寺

韓國寺
(Dae Sung Shakya Temple)

越南寺
(Vietnam Phat Quoc Tu Temple)

能否順利入住佛寺要看個人造化，而在芸芸佛寺當中，韓國寺算是對外開放度最高，只要穿著得體端莊、在寺內尊重他人、保持安靜，不論是佛教徒與否，都歡迎投宿*。

在這裡，沒有韓國「temple stay」的修行體驗，有的是每天早晚與法師禮佛的時間，歡迎自由參與。黎明時分，我們走進主殿內，盤膝而坐，閉上眼睛，聽著法師吟誦我不懂的經文，心神卻能放鬆起來，專注自身的呼吸。半小時就這樣過去了，是時候吃個早飯，展開新的一天。

曾幾何時，一片荒蕪的佛陀誕生地，現在已成了一個近8平方公里的長方型園區（而且還在持續發展中）。幸運地，我能坐上Kamal的順風電單車，輕鬆地拜訪散落在園區各處，由世界各國斥資興建、風格各異的佛寺，而且還附送了一個突如其來的簡單導覽！因為剛在越南完成了十日內觀（Vipassana）課程的Kamal，原來對佛教也甚有研究。我透過佛寺內的壁畫和雕塑，跟他認識了佛陀出生、出家、降魔、成佛、初轉法輪及涅槃等重要事跡。

* 在韓國寺投宿須男女分宿，而且要與他人共用房間。房費每晚500盧布（約港幣34元），包一日三餐，亦歡迎樂捐。

東面為小乘佛教的佛寺

緬甸寺
（Myanmar Golden Temple）

斯里蘭卡寺
（Sri Lankan Monastery）

禮佛以外，韓國寺還有一個非常重要的用膳時間表，在這裡一日三餐都提供素食的達八，也有扁豆湯、韓國泡菜和水果等，非常有營健康。這時飯堂內雲集了來自世界各地的旅客，活像一個小型聯合國，但鑑於有不少專程前來禮佛、念經、冥想的佛教徒，所以我們也甚少打擾他人用膳，但這卻無阻我們巧遇有緣人。

「妳是韓國人嗎？」在韓國寺投宿的日子，我經常被誤認為韓國人，有次在房外的長椅上因而認識了隔壁的韓國人Song Ha。剛從印度陸路過境遠道而來的她，竟甚麼地方也不去，打算待在藍毗尼10天便回印度去！然後她與Kamal聊起了自己在印度曾到訪的聖地，而我卻一點也答不上腔。

午後的小休，我們再次在長椅上相遇，原來Song Ha是一位森林教育老師，今次藉著悠長的寒假，展開了一趟朝聖之旅，追隨佛陀的足跡。但她與其他的朝聖團有點不一樣，沒有急著趕到聖園內朝聖，反而在主殿內默默地念經、禮佛，也許這樣才是她旅程的意義。

喜歡中國茶的Song Ha竟把佔空間的泡茶用具帶在身上，還邀請我和她一起品茶。

加德滿都
Kathmandu

回到加德滿都這起點

是時候準備心情回家去了。

在Kamal老家一泊三食

在斯瓦揚布納特佛塔小山丘上，能飽覽加德滿都市的全景。

十幾年前，為了有更好的生活環境，
Kamal一家決定搬到加德滿都的西北面，
一個臨近斯瓦揚布納特佛塔的社區，
從此被原住民尼瓦爾人稱之為外省人。

應Kamal的熱情邀請，我從藍毗尼回到加德滿都後，便到了他寧靜的老家暫住，專心創作。但有趣的是，他本人卻忙東忙西，不停地往外跑，再次回家時，我已住上了數天。

「妳好嗎？我父母雖不懂英語，但有甚麼需要的話，可與我大哥和大嫂說的。」「但伯伯會英文啊。」「甚麼？我爸懂英文？啊！對了，他從前曾在印度當兵*呢！」聽他一說我才驚覺，再算上剛退役的Kamal，這根本是一個軍人家庭。

起初，我擔心獨自住進朋友的老家，會對其家人做成困擾，但Kamal覺得這只是不足掛齒的小事，因為尼泊爾人素來重視家庭，而且會互相照應。例如是這加德滿都的老家，已成了在外地工作的親朋戚友回鄉探親的中轉站，他們都會在這短留數天，購物一番再回鄉。家裡時常有客人到訪，最長的更住了一年。

有了這支強心針，我便毅然在這接待經驗豐富的家庭住了起來，每天吃著大嫂Bena準備的奶茶、不同口味的達八，還嚐到在鄉下釀製的辣醃菜和米酒。除了和Kamal一起散步外，我已被養成一隻肥肥白白的大食懶加菲貓，不過我沒有忘記，自己是來做小誌的。

Kamal老家有很多銅製的器皿，
聽說傳統上常用作結婚的禮物。

* 英勇善戰的啹喀兵是英國的僱傭部隊，在19世紀曾參與多項國際戰事，亦被派駐英國殖民地，包括印度、新加坡和香港等。

創作的生活簡單而平淡，Kamal不在家的日子，最有趣的是與健談的大哥Puna聊著天南地北的話題，從加德滿都的空氣污染、大環路的中資建設，到徒步時扮嚮導等話題也都涉獵到。

在一個平常不過的停電夜，Puna憶起了2015年4月25日的8.1級大地震，當時他和父母都待在家中，在強烈的震感下，他才意識到那是地震！安頓好父母後，他駕著電單車往Bena和兒子正在拜訪的村子去，在頹垣敗瓦的路上，他打不通電話，卻收到親戚從英國打來的電話，可是説不上半句便斷掉，在對方再接再厲下，Puna心煩著：「我現在已經夠忙了，他究竟打來做甚麼？」最終，他總算能聽上一句：「Puna，我想告訴你，Bena和孩子都安全啊。」強烈的地震後本地網絡都擠得水洩不通，反而國際漫遊仍能打通！

擔心餘震的Puna一家與親戚們共10多人，每晚都開著門窗，一同睡在地板上方便逃跑，這樣的生活持續了一段很長的時間。而區內不少數層高的洋房都倒塌了，看到Puna家損毀輕微的鄰居都稱讚道：「你的房子很好，只有一層，非常好！」

非常印度的賈納克布爾

自從拜訪了佛陀誕生地後，當地人便不斷游說我，一定要到印度教女神悉多(Sita)的誕生地——賈納克布爾(Janakpur)看看。

供奉女神悉多的賈納金廟，融入了蒙兀兒(Mughal)及印度教的建築風格，是尼泊爾重要的印度廟之一。

要否拜訪佛陀誕生地已讓我掙扎不已，更何況是一個從未聽過的印度教女神聖地呢？直至Puna向我展示當地著名的賈納金廟(Janaki Temple)的相片，我不禁好奇，它並沒有紅磚瓦頂，看起來還有點伊斯蘭教的色彩，這真是印度廟嗎？

「是印度廟來的。尼泊爾是一個多元文化*的國家，離開了加德滿都谷地便好像到了另一個世界般，印度廟也不盡相同。」聽Puna這樣一說，到訪南部時，我不是在奇旺看野生動物，便是在藍毗尼看佛寺，都沒閒餘細看當地的人民風景。那何不趁印刷前的小空檔，來趟不一樣的旅行？

* 在18世紀沙阿王朝統一尼泊爾前，一直都由小國各自為政。他們有著不同的文化和風俗習慣，形成現在多元文化的面貌。

在賈納克布爾這「水池之城」，當地人會在水池洗澡、洗衣服，
而在聖池 Gangasagar 每晚還會舉行夜祭(第185頁)呢。

經歷了十小時夜巴士的挑戰後，我矇矇矓矓地下了車。在無數殘破不堪的樓房和色彩繽紛的印度廟之間，我走在凹凸不平、污水處處的沙地上，迎面而來的是一個又一個貌似印度人的面孔。看著這骯髒紊亂的市容，我彷彿被載到沒有關卡的印度去。而這個印度教聖地，充滿著人們生活的氣息，場面和杜巴廣場一樣熱鬧。

在這裡，我初次得到當地人前所未有的關注，一日之間竟有多組男士向我搭訕：「妳來自那裡？」「妳結婚了沒？」「妳來賈納克布爾做甚麼？」「妳為甚麼不和男朋友一起來？」

據聞，特萊平原（Terai）是一個非常保守的地區。在賈納克布爾周邊的鄉村裡，女子仍用頭巾遮蓋面容，不能隨便與男性談話，更莫説獨自出門旅行了。雖然這裡有不少旅客到訪，但都以印度教的朝聖者為主，所以當地人對獨遊的亞洲女子都非常好奇。

在這麼保守的社會裡，竟有一個推崇婦女獨立自主的非牟利組織「Janakpur Women's Development Centre」，透過培訓婦女以自己創作的藝術品賺取收入，改善她們的生活，延續當地傳統的米提拉（Mithila）*藝術及文化。

傳統上，婦女們會用樹葉、花卉、水果來萃取天然的顏料，在混合了牛糞的泥土牆上，描繪各種宗教、神話、結婚、節慶、鄉村生活等故事。時至今日，米提拉藝術可並不是單純地複製畫作，藝術家們會以女性的角度創作，加入不少自身的想法，探討性別、種姓不公、嫁妝等有關道德、風俗、價值的社會議題。在保守的特萊地區宣揚女性獨立自主，想必花了不少力氣才能走到現在。

色彩奪目的米提拉藝術，已經廣泛地應用在縫紉、陶瓷、絲印及印刷品上了。

* 米提拉（Mithila）是公元前Videha王國的中心，位於現今印度的比哈爾邦（Bihar）、乍拉肯德邦（Jharkhand）及尼泊爾的特萊東部地區，米提拉人有著自己的語言、文化及風俗習慣。

JANAKPUR WOMEN'S DEVELOPMENT CENTER
Ward No. 12, Kuwa, Janakpurdham, Dhanusha, Nepal
+977 41 425080
https://jwdcnepal.org

傳統手工紙Lokta paper

未出發前，我有一個小小的願望，若然能把小誌印在當地製造的紙張上便好了。可是在緬甸和斯里蘭卡時，能買到適合的紙張已是奢侈，更莫說要是當地製造了。來到旅程的尾站，尼泊爾竟讓我這小小的願望成真！在巴克塔布閒逛時，我無意中在一家工藝品店看到了當地製造的手工紙Lokta paper。它的色澤自然、質感柔軟，表面還有獨特的天然紋理，我心中不禁直呼：「就是你了！」

手工紙以喜馬拉雅山麓上生長的白瑞香樹皮所造。這種樹皮因纖維細長、自黏性高，所以非常結實耐用，是天生的造紙的材料，當地政府的官方文件也沿用著它呢！支持這個千年的造紙手工業，除了能改善造紙家庭的鄉村生活，更因為割去的樹皮過幾年便會重生，間接保護了脆弱的森林免受砍伐。用這麼有意義的傳統手工紙印製小誌，真是錦上添花。

在旅程的初期已能極速鎖定目標，還在小巷內預先找到一家售賣未加工手工紙的工藝批發店（其他店都只售已加工的燈籠、月曆和筆記本等製成品，又或不是電腦印刷用紙），現在就只餘下好好完成稿件了！

兩星期後，晴天霹靂的事情發生了。當我再次到批發店打算買手工紙時，店員竟然告訴我，她們沒、有、在、賣！（那麼我之前看到的究竟是甚麼？）又因為這是我在塔美爾區好不容易才找到的店舖，一時三刻要再漫無目的地找，實在不知道如何是好。

民宿大哥的真正身分其實是位藝術造詣濃厚的搖滾音樂人。

聽到我在批發店的遭遇後，平時輕挑不羈的民宿大哥，竟立即為我致電不同的大型文具店查詢。原來未加工的手工紙主要是在往杜巴廣場方向的Thahity和Bangemudha銷售，而非塔美爾區！

謝謝你在千鈞一髮之下解救了我。

具挑戰性的印刷之旅

在整趟尼泊爾的旅程中，我都被寵壞了，出門時不是有Pujan和我一起搭巴士，就是有Kamal的私人接送，讓我避過了無數次與加德滿都巴士的正面交鋒。但在回家前，我想堂堂正正地獨自赴會。

「市中心的店舖空間太小了，放不到大型印刷機，質素好的印刷店都在帕坦的Pulchowk，妳用Tootle*叫車便可直達了。」從民宿大哥得到可靠的印刷情報後，我抱著得來不易的手工紙，在沒有站牌的交通樞紐Ratna Park尋找開往Pulchowk的巴士。

加德滿都的巴士並沒有阿拉伯數字，只寫有尼泊爾語的地方名。我問了一位路人、一位交通警和兩位車長後，總算順利坐上一輛白色的小巴，當地稱之為「Micro」。看著手機的定位緩慢地前進，客人卻不斷地湧入，擠得好像沙甸魚罐頭般。幸而我的目的地不算遠，能盡早脫離險境。

究竟尼泊爾的巴士最多可以接載（擠）多少人呢？

* Tootle是尼泊爾的電單車叫車app，適合行李不多、無懼塵埃的乘客。

在尼泊爾印小誌是整趟旅程中最順利的一次，這裡的職員不會隨意剪裁紙張、不會擅自放大縮小圖檔，除了列印前會先檢查手工紙上的斑點、瑕疵外，還會不厭其煩地把手工紙一張一張放進手送紙盤上（容易夾紙的手工紙不宜直接放進紙匣裡列印），讓我非常安心。

雖然我早已從民宿大哥口中得知大約的印刷費作參考，但到了現場仍然不敢相信自己的耳朵，在尼泊爾這發展中國家，印刷費竟比香港貴一倍！這讓我想起Pujan曾提過，以農業為主的尼泊爾，長期依賴進口的工業貨品，高額的關稅及13%的增值稅（VAT）大大推高了貨品的價格，也推高了小誌的成本。

儘管如此，把小誌這心頭大石放下後，擠在回程的小巴時覺得這已沒甚麼大不了。

最後的工作日

旅途中，我喜歡住進當地人的家，但為了方便在市中心印製小誌，這次我入住了一間由尼瓦爾家庭經營的小型民宿。它的頂層有一個溫馨的客飯廳，可以開懷地吃喝玩樂和舒適地摺疊小誌、寫明信片，推開通往天台的後門，更可坐在沙發上曬太陽、看日落，遠眺加德滿都的全景。

我的選擇真的沒錯，在關鍵時刻，先是有民宿大哥極速地替我找到了合適的手工紙付印。然後，再有民宿二哥指出小誌內容的小錯誤：「妳畫的達八少了辣椒，尼泊爾人可是無辣不歡啊。」他還提議要把小誌展示在客飯廳內，分享給新來的客人們。最後是民宿媽媽，她叫我先不要把小誌直接貼在牆上，待她用膠套包好才方便保存。這家人真的非常可愛，各自以行動支持著我的創作。

在加德滿都全景前（民宿屋頂），見證第三本旅途中小誌《陽光尼泊爾》的誕生。

在剪剪貼貼的混亂場面中，來吃早餐的客人竟閱讀起小誌來！
「這本書很有意思，不知道妳有沒有多餘的拷貝？我可以要一本嗎？」
「啊，謝謝喜歡！我還有少量在房間內，可以送妳一本啊。」
「不不不，我不是想妳送給我，我是想買。」

每次離開一個國家前，我都會把小誌作為獨一無二的伴手禮寄給家人和朋友，但卻完全沒正式賣給別人。就在這趟旅程的尾聲，我竟迎來了第一位客人——來自比利時的Maria，令我有了持續創作的勇氣。

Maria還向我分享了她喜歡的插畫雜誌和插畫家呢！

郵政總局的郵箱也有印度廟多檐式的元素。

Puna說這本書不僅適合作旅客的伴手禮，而且在本地及海外生活的尼泊爾人都要有一本。難道他是指思鄉的Kamal嗎？

最後的工作日，我不用重新出發到陌生的國度了，而是時候收拾心情，把手上幾本自製的小誌，把我與當地人偶遇的故事，把這趟藝遊之旅所發生的種種，放進10公斤的背包裡，一拼帶回家，成為我珍而重之的回憶。

謝謝Pujan
親自把我安全送到機場。
再會。

後記

這趟旅程所創作的小誌，
對我來說是一份意想不到的重要禮物。
回家後小誌並沒有擱在書櫃，
而是帶領我繼續前行：

收到叱咤903電台主持急急子的訪問邀請，
在大氣電波分享這趟藝遊創作之旅；

慢熱怕生的我第一次擺市集，
與因小誌而停下腳步的遊人交換旅途的故事，
連小朋友也對異國小誌充滿好奇，沒有因英文而卻步；

出席了第一場分享會，
地點不在香港，而是在台北「鹿途中旅遊書店」，
感謝鹿鹿和Eva的熱情款待，讓我以沙發客的身分入住，
與台灣朋友分享這趟旅程，從中得到滿滿的能量；

找到了第一個寄賣點——獨立書店「kubrick」，
更有幸在書店辦微型展覽，立體地展示小誌、幕後花絮的相片和小物；

偶爾還會收到讀者的來信，印象最深的是，
其中兩位分別是語言老師，以及常與南亞裔人士接觸的社工。
他們不約而同告訴我，小誌的內容很有意思，
還會把它帶到課堂上、社區中心去，
讓學生、街坊從小誌了解當地的生活及文化。

這一系列的小誌不只是自己的回憶或手信而已，
它還給予我很多預期以外的可能性，
感謝所有因小誌而結下緣分的人和事。

很高興透過這次寫書的機會重溫旅程中珍貴的片段，
希望大家從書中感受到這趟旅程的樂趣和挑戰，
一起發掘旅行或是生活中大大小小的可能性。

香港青年協會 hkfyg.org.hk ❘ m21.hk

香港青年協會(簡稱青協)於1960年成立,是香港最具規模的青年服務機構。隨著社會瞬息萬變,青年所面對的機遇和挑戰時有不同,而青協一直不離不棄,關愛青年並陪伴他們一同成長。本著以青年為本的精神,我們透過專業服務和多元化活動,培育年青一代發揮潛能,為社會貢獻所長。至今每年使用我們服務的人次接近600萬。在社會各界支持下,我們全港設有90多個服務單位,全面支援青年人的需要,並提供學習、交流和發揮創意的平台。此外,青協登記會員人數已達50萬;而為推動青年發揮互助精神、實踐公民責任的青年義工網絡,亦有超過25萬登記義工。在「青協・有您需要」的信念下,我們致力拓展12項核心服務,全面回應青年的需要,並為他們提供適切服務,包括:青年空間、M21媒體服務、就業支援、邊青服務、輔導服務、家長服務、領袖培訓、義工服務、教育服務、創意交流、文康體藝及研究出版。

e·Giving

giving.hkfyg.org.hk

青協網上捐款平台